AF288919

BOOKS on DEMAND

Bibliografische Information der Deutschen
Nationalbibliothek:

Die Deutsche Nationalbibliothek verzeichnet
diese Publikation in der Deutschen
Nationalbibliografie; detaillierte bibliografische
Daten sind im Internet über http://dnb.dnb.de
abrufbar.

Herstellung und Verlag:
BoD – Books on Demand, Norderstedt
ISBN 978-3-8423-5841-6

Ein Grab in den Wolken

Roman

20.04.2016

Münster in Westfalen (Zentralfriedhof)

Kalter, leichter Nieselregen und die flüchtigen Nebelschwaden, die noch an diesem frühen Morgen über dem Aasee lagen, wurden mit einer leichten Brise in Richtung Zentralfriedhof geweht. Es war ein trüber, nasskalter und regnerischer Morgen im Oktober, das herbstliche, schon leicht moderne Laub der Friedhofsbäume roch wie der kommende Herbst, eine passende Tiefdruckwetter für eine Beerdigung. Markus Scholz betrat den Friedhof und begab sich zur Beerdigung von Anneli Poska, einer Bekannten seines Vaters, der ihn aber noch zu seinen Lebzeiten um diesen Dienst ausdrücklich gebeten hatte. Gunvald Scholz, Marcs Vater, war vor etwa sechs Jahren verstorben und Marc, so wurde Markus Scholz von seinen Freunden oder auch den Kollegen in der Redaktion genannt, war nicht zuletzt wegen des Nachdrucks hier, mit dem ihn damals sein Vater gebeten hatte, für ihn diese letzte Gefälligkeit zu erledigen. Es war so gesehen die letztwillige Verfügung seines Vaters, die er hierdurch in dessen Namen erfüllte. Marc schlenderte durch den Haupteingang des Zentralfriedhofs, der sich in unmittelbarer Nähe des Aasee befand, und er hatte den Eindruck, der Regen hätte zugenommen und spannte seinen Regenschirm auf, den er wegen des offenkundigen Münsteraner Regenwetters nicht vergessen hatte. Von der Platanenallee, die die Hauptzufahrt säumte, rieselte der herbstliche Nieselregen auf den Regenschirm seines einsamen Besuchers herab. Marc hatte sich vor einigen Tagen von der Friedhofsverwaltung die Uhrzeit für die Beerdigung und die genaue Lage der Grabstätte von Frau Poska angeben lassen. Das war zu Beginn des Telefonats nicht ganz so einfach gewesen, aber als er angedeutet hatte, dass er Journalist bei einem großen deutschen Nachrichtenmagazin in Hamburg sei, war die Zurückhaltung der Sachbearbeiterin der Münsteraner Friedhofsverwaltung schnell verflogen und er hatte die erbetenen Daten umgehend per Email auf seinem Redaktions-Computer vor-gefunden.

Die Beerdigung war auf 10:00 festgelegt, es war 09:50, wie er sich mit einem Blick auf seine Armbanduhr versicherte. Aber neben einer aus-gehobenen Grabstelle war weit und breit nichts von einer Beerdigung zu entdecken. Marc wartete also geduldig und begab sich hierzu zurück auf die große

Platanenallee des Zentralfriedhofs, die den Friedhof fast in kompletter Länge durchzog. Nach geraumer Zeit sah er in einiger Entfernung die schwarze Limousine eines Münsteraner Bestatters, sich langsam auf ihn zu bewegen. Das Fahrzeug fuhr im Schritttempo, in dem sich der Sarg der Verstorbenen befand und dahinter schritten eine schwarz gekleidete weibliche Person, ein Geistlicher und zwei Ministranten vorweg. Das leichte Nieseln des Regens hatte passend aufgehört. Nur von den Platanen fielen noch vereinzelnd Regentropfen.

Der Wagen des Bestatters kam an Marc langsam vorbeigefahren; auf dem schwarzen Mercedes war der Schriftzug des Bestatters „Backernecker" mit zwei Palmenwedeln, in silberner Farbe, angebracht. Marc grinste in sich hinein, dachte an Christin und den Werbespruch, mit dem er seine damalige Schulfreundin oft aufgezogen hatte: „Du schläfst ruhig und ohne Wecker, in einem Sarg mit Backernecker".

Christin war eine der Töchter des Münsteraner Familienunternehmers und eine ehemalige Schulfreundin Marcs, aber das war längst verflossenes

Geschehen und sicher auch ein unzeitiges Ge-
dankenspiel für diesen traurigen Anlass.

Am offenen Grab angekommen entstiegen vier Sarg-
träger dem Bestatterfahrzeug und machten den Sarg
zur Beerdigung bereit. Der Geistliche murmelte
teilnahmslos zwei liturgische Gebete, so konnte man
meinen und kondolierte der Trauernden, der Sarg
wurde in die Erde heruntergelassen. Die Hinter-
bliebene warf drei Schaufeln Friedhofserde und eine
weiße Lilie auf den Sargdeckel und sprach wohl ein
Gebet in aller Stille. Es roch nach frisch aus-
gehobener feuchter Erde, als er an das Grab trat.
Das Personal des Bestatters und die kirchlichen
Personen hatten die Beisetzung schnell, fast flucht-
artig, verlassen. Marc schritt zu der jungen Frau,
sprach sein Mitgefühl aus und stelle sich kurz vor.

>Meine Mutter ist die Verstorbene und ich
bin Elin, unsere Eltern waren in einer anderen Zeit
mehr als nur gute Freunde und du hast dich aber
sehr verändert Marc.< :sagte sie zu ihm. Er schaute
seine Gesprächspartnerin perplex an, >Was man
von dir nicht behaupten kann und du bist so gut
aussehend wie eh und je.< :antwortete er seinem
Gegenüber. <Ich hätte dich fast nicht erkannt, ich

habe leider ein paar Kilo zugelegt, es sind ja auch einige Jahrzehnte vergangen.> <Schmeichler, noch nicht einmal zwei>: sagte Elin und berichtete, über ihre Familie, und das sie die letzte der Sippe aus dem estnischen Reval (Tallinn) sei, wie man unschwer bei dem heutigen Begräbnis sehen könne, leider.

Eine (neue) alte Bekannte

Elin lud Marc zum Kaffee ein und hakte sich bei ihm unter, fast wie in alten Zeiten und beide schlenderten durch die Platanenallee des Zentralfriedhofs in das in der nahe gelegene Restaurant „Zum Himmelreich". Elin hatte dort vorausschauend einen Tisch reserviert, meinte nur, sie wisse ja keinesfalls so recht, wer denn zur Beerdigung ihrer Mutter noch hätte eintreffen können. Es bot sich ihnen eine schöne Aussicht aus dem Panoramafenster des Wintergartens, über den mit Wolken verhangenen morgendlichen Aasee, über den hin und wieder leichte Regenschwaden wehten. Es war wie eine Komposition von grau in grau. Im Kamin des Wirtshauses brannte ein Kaminfeuer und verbreitete seine wohlige Wärme im Gastraum, der im diskreten Charme der 70er repräsentativ erhalten war. Marc schaute sich interessiert um und fühlte sich einwenig in frühere Zeiten zurückversetzt und seine sonntäglichen Spaziergänge mit den Eltern, rund um den Aasee, kamen ihm ins Gedächtnis zurück. Es war damals eine beschauliche Zeit, an die er sich gerne erinnerte, seine Jugend.

Aber das ist lange her, dachte er -alt wird man von ganz alleine.

Elin hatte ihren schwarzen Mantel und das gleichfarbige Kopftuch abgelegt. Marc fühlte sich in seine Jugend zurückversetzt, Elin mit blondem Kurzhaarschnitt, in einem schwarzen Businesskostüm, weiße Bluse und mit einer rosafarbenen Korallenperlenkette um den Hals. Sie sah bezaubernd aus und Marc gewann sofort den Eindruck, dass sie sehr genau wusste, wie sie auf das andere Geschlecht wirkte. Elin hatte Kaffee und ein „funeral meal", wie sie sagte, wohl „neudeutsch" für einen Beerdigungskaffee, für uns vorbestellt. Es wäre im Sinne ihrer verstorbenen Mutter, so meinte sie, wenn diese die Rechnung heute bezahlen würde -sie wäre sicher gerne dabei gewesen, wenngleich sie allerdings von einer größeren Anzahl von Besuchern ausgegangen wäre. Man sprach über alte Zeiten, die Familien und mit was sie sich nach ihrem Weggang aus Münster beschäftigt hatten. Elin hatte nach dem Studium der Wirtschaftswissenschaften an der WWU in einer Schweizer Privatbank in Frankfurt am Main gearbeitet und war zu einer Spezialistin für den internationalen Geldverkehr und dessen Geldflüsse geworden. Es erschien ihr daher nur folgerichtig, dass sie nach einer Anfrage vom BKA nach dorthin wechselte. Denn immer nur Zahlenkolonnen zu errechnen und zu begutachten, „das wäre wohl nicht ihr Leben", so meinte sie abschließend. Sie sei als Referatsleiterin für internationalen Zahlungsverkehr und Geld-wäsche im BKA derzeit eingesetzt. >Ja, die Arbeit erfüllt mich und gibt mir Befriedigung, ich habe das Gefühl, gebraucht zu werden und nicht unwichtig zu sein< so sagte sie und Marc hatte den Eindruck, sie sei mit sich und ihrem Engagement bei Europol im Reinen. Sie erzählte von ihrem Großvater, der ihr das Bergsteigen nahegebracht hatte und Elin war oft mit ihm, als guter Freund und Bergkamerad, in den Schweizer Alpen auf hochalpine Klettertouren gegangen. Elin hat in seiner Begleitung, als Jugendliche, die eisige Berg-welt des Bernina erkundet und mit ihm den ersten Dreitausender, die Hintere Schöntaufspitze (3324 m) der Ortlergruppe bestiegen. Als sie 16 Jahre alt war, standen die Beiden auf Elins erstem großem Schweizer Berg, der Jungfrau. Jahrzehnte später, als ihr Großvater dann siebzig Jahre alt wurde, habe er sie noch einmal auf dieser Tour begleitet, so sagte sie. Großvater konnte das Bergsteigen nicht lassen, auch im achten Jahrzehnt seines arbeitsreichen Lebens, als Landarzt in Graubünden, nicht. Durch seine Anleitung, Erziehung und wenn man so will, seinen Charakter, sei sie zu einer europaweit bekannten Bergsteigerin geworden und hat bislang sechs der vierzehn Achttausender ohne Sauerstoffgerät bezwungen. >Bergsteigen, Klettern, das macht mich einfach glücklich< sagte Elin und lächelt abschließend. >Und nun zu dir, Marc, was hast du so getrieben?< >Wie dir bekannt ist, bin ich Journalist bei einem Hamburger Wochenmagazin, unter anderem auch mit der Aufgabe Sportberichterstattung betraut. Deine Leidenschaft Klettern ist mir daher nicht verborgen geblieben. Es ist auch mein Hobby, aber nicht in dem von dir betriebenem Ausmaß. Bevor ich dir meinen, dir noch nicht bekannten Teil meiner Biografie erzähle, möchte ich dich bitten, uns, also meinem Magazin, zu gestatten, eine Kolumne über dich zu veröffentlichen> sagte Marc, >sogar den Anfang meines Artikels habe ich ja gerade schon von dir vermittelt bekommen<   >no problem< sagte Elin und Marc kramte geschäftig sein Diktafon hervor, schaltet auf Sprache, legte es auf den Restauranttisch und begann letztlich sein Interview. Elin setzte Marc kurz

ins Bild über ihre letzte Expedition ins Karakorum -
Gebirge. Sie sprach dann von der Besteigung des
über 8600 Meter hohen K2 oder Lambha Pahar, des
zweithöchsten Berges der Erde. Der K2 sei bekannt
für seine fast stetig umschlagenden Wetterbedingungen und eine spektakuläre Lawinengefahr,
auch bergtechnisch verlangen einige Passagen den
Extrembergsteigern alles ab und sind als grenzwertig einzustufen. Unter den Bergsteigern heißt es
außerdem, die Bedingungen am K2 seien in den
vergangenen Jahren immer unangenehmer geworden. Fast unberechenbar sei auch die Lawinengefahr auf der am häufigsten begangenen Route,
dem sogenannten „Bottleneck". Daher hatten
sich Elin und das Expeditionsteam verabredet,
diesmal von China aus über die Nordflanke des K2
aufzusteigen, die von vorausgegangenen
Expeditionen, die stets von Pakistan aus starteten,
nicht frequentiert wurden. Und Achttausender
Expeditionen ins Karakorum sind horrend teuer
und verschlingen viele Finanzmittel für Aus-
stattung und Zulassungen. Eine erforderliche
Akklimatisierung an die Höhe dauert mehrere
Wochen, Camps und Depots müssen errichtet und
Fußwege für die Sherpas gespurt werden. Auch ist

ein eventuelles Aufgeben kurz vor dem Besteigen des K2 Gipfels keine leichte Entscheidung und muss vorher mit allen Expeditionsteilnehmern, die bis zum Gipfel vorstoßen werden, abgesprochen sein, gleichgültig, wie brutal die Bedingungen kurz vor der Gipfelerstürmung sind. Das geschieht zuweilen in langen, quälenden Diskussionen, also keine leichte Aufgabe, die auch noch zuvor zu lösen ist. Nur alpinistischer Scharfsinn und Besonnenheit hat sie bisher zwei erfolglose Lambha Pahar Expeditionen überleben lassen, so meinte Elin. Ein Presseartikel über sie und ihre K2 - Expedition war in der „World of Mountains" (WoM), einem amerikanischen Magazin für Bergsteiger, er- schienen. Mit der „WoM" sei sie gar nicht zufrieden gewesen, von denen ist mehr nur das ge- schrieben worden, was sie meinten wohl schreiben zu müssen und überdies sei der Artikel von ihr nicht autorisiert worden, aber dessen ungeachtet von denen veröffentlicht worden. Marc entgegnete nur trocken und professionell: <Das werden wir mit Sicherheit vermeiden können, aber was erwartest du als Ausgleich von meinem Arbeitgeber?> <Einen von dir gutgeschriebenen und Sympathie aus- strahlenden Presseartikel, der mein Team für unsere

kommenden Expeditionen als möglichen Werbe-
träger empfiehlt und bei angehenden Förderern oder
Sponsoren, einen positiven Gesamteindruck hinter-
lässt.>:so antwortete Elin, <„that`s all".>

In größere Höhen

Nun berichtete Elin aus ihrem Bergsteigerleben, aus einer Art Leben, das in vergangenen Zeiten Marc durchaus vertraut war. Er begriff, dass es sei fast wie eine Leidenschaft für ihn gewesen war, die er vor langer Zeit aufgegeben hatte.

Viele Berge hatten sich in Elins Bergsteigerleben im ersten Herangehen besiegen lassen. Doch der K2 war etwas anders für sie gewesen, erst beim dritten Anlauf hatte sie den Gipfel erreichen können. Zuletzt hatte sie endlich das notwendige Glück und die Unbillen des Wetters auf ihrer Seite und gewann den Kampf um den Gipfel des K2. Sie fühlte sich danach nur rundherum glücklich und zufrieden, überlegte aber sofort, welcher Gipfel nun ihr kommendes bergsteigerisches Projekt sein sollte Marc fragte nun, was sie gedacht habe, als sie endlich auf dem Gipfel des K2 stand. <Ich habe über nichts nachgedacht. Nur die Anzahl der Stunden habe ich gezählt, die wir für die letzte Etappe gebraucht hatten. Ich hätte sicherlich kein Wort herausgebracht, zu sprachlos und erschöpft war ich. Nach diesen vielen Widrigkeiten und vorausgegangenen Rückschlägen doch endlich am Ziel

meines Lebens zu sein, so konnte ich nur innerlich ein allumfassendes Glücksgefühl spüren< :sagte sie, wischte sich eine ihrer blonden Haarsträhnen aus den Augen, trank einen Schluck Kaffee und lächelte Marc an und berichtete weiter. Natürlich, heute fühle sie eine Art von Leere nach Erreichung ihres Lebensziels der Besteigung des K2. Dieses Gefühl sei aber rational völlig unberechtigt, es warteten schließlich noch einige schwerzugängliche 7000er Gipfel -wenn man das denn wollte. Bergsteigen sei immer lebensgefährlich, wenn man in Höhen über 4000 m klettere, man habe immer und zu jeder Zeit vorsichtig zu sein, alles, auch unsere normalen Alltagssituationen abverlangen uns ein notwendiges Sicherheitsdenken. Ob man nun mit dem Auto auf der A1 180 kmh fährt oder mit einem Fahrrad durch die Stadt; man kann immer in unvorhersehbare, letztendliche, Geschehnisse hinein geraten. Man dürfe nicht vergessen, Bersteigen sei schließlich freiwillig, man setzt sich ein Ziel und das will man erreichen. Auf ihren vielen Bergtouren habe sie Freunde und Bergkameraden verloren, nicht zuletzt in deren Angedenken habe sie niemals darüber reflektiert aufzugeben, sinniere auch am Berg niemals darüber. Denn wenn man Dinge aus dem

Herzen heraus tut, kann das Aufgeben kein realer Gedanke sein. Klar, es ist schwer, kurz vor dem erreichen des Ziels umzukehren, auch wenn es lebensgefährlich werden wird. Ich als Person kann dann immer noch zurückkommen, denn der Berg bleibt mir, der geht nirgendwo hin. In den Höhen über 7000 m sind die Bedingungen natürlich alles andere als behaglich, Temperaturen von über minus 40°, Bergstürme, Lawinen und der geringe Sauerstoff in der Atemluft können den Kletterern bei einer Gipfelbesteigung schon das Leben schwer machen. Aber dann gibt es auch Augenblicke, in denen dann eine zuvor dichte Wolkendecke aufreißt und man blickt auf ein unvergessliches Bergpanorama. Es ist dann so ein Gefühl, als ob der Körper in dieser unberührten Natur die reine Energie tankt. Klettern in unberührter Natur hat für mich etwas Überirdisches und löst bei mir einen Endorphinschub aus. Angst vor den Bergen habe ich seit frühester Jugend nicht mehr gehabt, wohl aber gehörigen Respekt, eingebettet in einer starken Grundsicherheit als Individuum, das versucht, sich an vorgegebene Bedingungen in der Bergwelt bestmöglich anzupassen. Es kann schicksalhafte Konsequenzen haben, wenn man zu ehrgeizig oder unter zu großem, von außen kommenden Druck, unbedingt ein Ziel erreichen will, dann kann der Einsatz das eigene Leben sein; und das sei immer zu viel. Meine bergsteigerischen Ziele wähle ich größtenteils nach dem attraktiven Aussehen des Berges aus und ich entdecke ständig neue Berge, von deren Schönheit ich fasziniert bin und die ich besteigen möchte<. Nach Südkoreanerin Oh Eun Sun, der Spanierin Edurne Pasaban und Gerlinde Kaltenbrunner sei Elin die vierte Frau auf dem K2 gewesen, teilte Elin wohl nicht ohne ein wenig Stolz mit.Marc griff zu seinem Diktafon, das er fast in der Mitte des Restauranttisches abgelegt hatte, schaltete die Sprachaufzeichnungsfunktion ab und sagte: <Daraus kann man gut eine Kolumne schreiben. Den ersten Entwurf erhältst du als Email auf deine Arbeitsadresse beim BKA, so muss ich mir nichts weiter notieren<. Außerdem meinte er beiläufig, er könne Elin ja auch googeln, wenn er beim Schreiben den Faden verlöre. >Tu das bitte nicht, lass uns besser in persönlichen Kontakt verbleiben, telefonieren oder ähnlich, das entspricht mehr meinem Lebensstil.

Und nun zu dir Marc, mit was hast du so nach meinem Weggang aus Münster so beschäftigt und wie bist du denn ausgerechnet zum Journalismus gekommen; und was ist aus deinem amerikanischen Traum, einer Fahrt mit der Harley - Davidson über die Panamericana geworden?> :fragte Elin ihn interessiert, fast einwenig ungeduldig.

Zu Marc und alten Träumen

Nach seinem Abschluss am „ Hittof" habe Marc, so berichtete er Elin, in einer Motorradwerkstadt in Albersloh, in der Nähe Münsters, gearbeitet. Reparaturen und Tuning seien etwa ein Jahr lang so etwas wie eine Mechanikerausbildung und eine Reisesparkasse zusammen gewesen. Danach hatte er das Geld zusammen, um mit „Pedder" gemeinsam die Panamerikafahrt zu starten. Peter war Marcs Schulkamerad und er hatte während seiner Schulzeit hin und wieder mit ihm gemeinsam in dem Motorradshop gearbeitet. Den Job hatte Marc über Peter bekommen, was wohl naheliegend war; und vorteilhaft auch, so konnte er sein Motorrad auf der Reise selber warten oder auch reparieren, wenn es denn erforderlich sein sollte. Und das war keine Seltenheit auf den rund 5000 km, die die Reise in den USA andauerte. Die Reise auf der Panamerikana begann für uns in Fairbanks (Alaska) und endete Tucson (Arizona). Am zweiten Tag nach unserer Ankunft in Alaska kauften wir bei „Farthest North Outpost" in Fairbanks zwei gebrauchte Harleys für zusammen 9.500 USD. Der Verkäufer machte einen halbseidenen Eindruck,

Pedder sagte nur, in Deutschland würde ich von dem kein Motorrad kaufen wollen, diese Sorge erschien uns aber im Nachhinein unbegründet. Die beiden Harley - Typen waren zwar nicht taufrisch, aber sehr funktionstüchtig, was für uns ja das wichtigste war. Mit dem Verkäufer hatten wir vereinbar, dass wir seine Werkstatt zwecks Motorradcheck nutzen durften und das war auch gut so. Die Glide "Liberty" von 1996 hatte 97.000 Meilen auf dem Tacho und benötigte neue Bremsscheiben, ansonsten war sie okay. Unsere 1995er Road King kam auf 122.000 Meilen und benötigte unbedingt eine neue Zündanlage. Alles Kosten die noch oben drauf kamen, ansonsten waren die über 300 kg schweren Bikes technisch in Ordnung. Die Bikes wurden vollgetankt und es konnte am kommenden Tag losgehen.

Das Super 8 Motel, in dem wir wohnten, ich hätte besser sagen sollen, hausten, war nicht das reinlichste. Das war für uns schon erstaunlich, da es von einem ehemaligen US Marin-Officer und dessen Ehefrau betrieben wurde, die ansonsten beide sehr freundlich und hilfsbereit waren. Die „Farthest North Outpost" Adresse war auch von den beiden und die war nicht schlecht. Dieser Teil des Amerikatrips war schon allein den Flug und die weiteren Kosten wert. Wir schliefen hin und wieder im Motel an der Straße, zelteten und führten ein richtiges Nomadenleben, das mit Arbeit, wenn sie denn angeboten wurde, für einige Tage unterbrochen wurde, zur Aufbesserung unserer Urlaubskasse. Die Nächte im Zelt, in den Rockys, waren bisweilen empfindlich kalt und Vorsicht war auch bei den dortigen Schlangen geboten. Von Tucson fuhren wir dann retour auf San Francisco zu, auf die Route 66 nach Chicago. Das sind etwa weitere 4.000 km, wie schon vorher durch eine beeindruckende Natur, wir trafen liebenswürdige Menschen und hatten auf der 66 einen mitfahrenden Motorradkumpel, Bert Rouzier, gefunden, der mit uns nach Chicago fuhr. Bert hatte schon die Hinfahrt von Chicago mit seiner BMW F 800 R geschafft und befand sich auf der Rückreise. Kannte sich also bestens aus, meinte nur, es würde immer viel über die Gefährlichkeit der 66 geredet. Da hätte er ein einfaches Rezept, man umfährt Slums und Schwarzengettos und ist so dann auf der fast sicheren Seite, also ein fast schematisches Rezept. Bert war ein netter, verbindlicher Typ, ein Belgier eben und unser Begleiter von Albuquerque an. Bert ein Mann von Mitte 30 und hatte Gewicht und Kraft für zwei Motorradfahrer und seine Erzählungen von der Hinreise auf der 66 und aus Belgien waren sehr aufschlussreich und stückweise recht kurzweilig. Nach etwa einem halben Jahr war das Vergnügen und das Geld am Ende, wir verkauften unsere Harleys, die wir lieb gewonnen hatten, und buchten unseren Heimflug zum FMO.

Es war eine schöne Zeit, sogar das Wetter spielte im großen und Ganzen mit. Bei der Ankunft in Alaska +16 °C, wolkenloser Himmel, beim Abflug aus Chicago +21°, Sprühregen. Wir waren daher nicht zu sehr betrübt, in den deutschen Herbst zurückzukehren.

Elin, die Pedder aus dem „Hittorf" kannte, erkundigte sich nach ihm, wie es ihm gehe, was er so mache. >Ich hoffe gut, eine Woche nach unserem Amerikatrip war er zum Nürburgring mit seiner Rennmaschine aus dem Tunershop Albersloh. Nach einigen Testläufen hat er aus unerklärlicher Ursache einen Abflug von der Strecke gemacht und ist am Unfallort urplötzlich verstorben> :sagte Marc, machte ein bekümmertes Gesicht und fügte hinzu: <Pedder war mir richtig ans Herz gewachsen, der beste Freund eben. Es war eine

traurige Beerdigung auf dem St. Mauritz - Friedhof.
Wo warst du eigentlich, Elin?>

<Wie du eventuell weist, bin ich direkt nach dem
Abi sechs Monate nach London gezogen; um letztlich die Sprache im Mutterland zu vervollkommnen.
Anschließend habe ich bei „Rhodes Scholarship" um
ein Stipendium angesucht und es zu meiner größten
Überraschung sogar bekommen, ich war eine von
drei deutschen Stipendiaten in diesem Jahr. Habe
manchmal so bei mir gedacht, vielleicht hatte
„Rodes" in diesem Jahr nicht so viele Anfragen, ist
aber sicher zu abenteuerlich, dass das zutreffend
sein könnte. Damit konnte ich dann in Oxford, ohne
finanzielle Klimmzüge, meinen Master in „Applied
Statistics" machen.> :erläuterte Elin. <Das
mit Pedder ist einfach todtraurig>, setzte sie hinzu.
>Das wusste ich gar nicht, hatte dich bei der Be-
erdigung schon vermisst, zumal du
mit Pedder immer sehr gut zurechtgekommen bist<
:meinte Marc und wollte die Berichterstattung aus
seinem bisherigen Leben fortzusetzen. Elin fragte
nur kurz, wo er denn untergekommen sei, wenn er
noch kein Hotel gebucht habe, könne er mit ihr in
der Wohnung ihrer Mutter übernachten. <Ein
passendes Gästezimmer ist bei uns vorhanden>

:sagte Elin und amüsierte sich, wegen Marcs erstauntem Blick. Marc entgegnete dazu, schulterzuckend, er hätte ursprünglich geplant, nach Hamburg zurückzufahren. Denn einige Zeit nach dem Tod seines Vaters habe er dessen Wohnung auflösen müssen, aber in Hamburg warte sowieso niemand auf ihn, wenn man von seinem Arbeitgeber einmal absieht. Außerdem habe er sich bis Montag in der Redaktionssitzung abgemeldet und eine Rückfahrt an die Alster sei im freitagabendlichen Feierabendverkehr sich nicht zu empfehlen, meinte er. <Das gefällt mir gut, so haben wir genügend Zeit, um zu reden> :sagte Elin und setzte hinzu <Normalerweise wohne ich in Wiesbaden, in der Nähe der Thaerstraße, in unmittelbarer Nähe zu meiner Arbeitsstelle. Nur wenn ich Mutter besuchte, bin ich dann bei ihr auf der Gartenstraße, ist immer noch in JVA Nähe, wie du ja sicherlich noch weist.> Marc nickte ihr zustimmend zu und die Sache war entschieden, er hatte ein Gefühl, als sei nie aus Münster weg gewesen. Elin ließ sich die Rechnung bringen, bezahlte und Marc holte die Mäntel. Er half ihr in den Mantel, drückte sie leicht an sich und sagte: <Es ist schön, dich getroffen zu

haben, nur der Anlass könnte ein erfreulicher sein, dann wäre alles perfekt.>

Durch Münsters Altstadt

Sie verließen das Lokal „Zum Himmelreich", der Nieselregen des Vormittags hatte aufgehört. Es war Spätnachmittag geworden, es begann leicht zu dunkeln. Die Beleuchtung war schon eingeschaltet und warf ein schummriges Licht auf die noch vom Regen feuchten, glitzerten Straßen. Elin hakte sich bei Marc unter, der schaute andeutungsweise zu ihr und dachte, sie sieht einfach überirdisch gut aus, wie sich Menschen doch zu ihrem Vorteil verändern können, es ist schon eigenartig. Sie kamen am Münsteraner Segelklub vorbei, ging die Stein-treppen zur „Goldenen Brücke" hoch und über-querten diese in Richtung Altstadt durch die Platanenallee der Promenade. Die Promenade ist ein großer Spazierrundweg,ein teilweise mit Gras und Bäumen bepflanzter Wall, der vormals die mittel-alterliche Stadt Monasterium einschloss; und an dem hin und wieder kleine erhaltene Teile der ehe-maligen Befestigungsanlage, der alten Stadtmauer der Stadt Münster, zu erkennen sind. Es war Freitag, das Wochenende stand bevor und in der verkehrsberuhigten Innenstadt ist entsprechender Betrieb durch vorbeieilende Fußgänger, die noch rastlos den Wochenendeinkauf zu erledigen suchten. Aus der Promenade kommend, gingen sie über die Aegidiistraße, rechts über die Rothenburg und auf den Prinzipalmarkt zu. Sie kamen an der Weltzeituhr am Hause des Juweliers Nonhoff auf der Rothenburg vorbei. Das ist schon eine Institution – und Attraktion für Münster. In der Vergangenheit versammelten sich hier regelmäßig Schaulustige auf der Straße, sobald das Glockenspiel einsetzte. So war es auch heute. Der Betrieb, das Gewusel der Kauflustigen um uns herum, hatte weiter zugenommen, die vorbeieilenden Passanten schienen auf Münsters „erster Einkaufsmeile" noch mehr in Hektik zu sein. Unter „dem Bogen" angekommen kamen sie an Münsters Traditionsgaststätte „Stuhlmacher" vorbei. Elin sagte nur: >Hier, bei „Stuhls", bin ich auch lange Zeit nicht mehr gewesen. Das werden wir sofort beenden.< und sie betraten umgehend den Bierausschank. Die Gaststätte war gut gefüllt, erstaunlich für einen Spätnachmittag. Marc bestellte am Tresen zwei „Pschorr - Bräu" im Glas. Elin fragte unschlüssig: >Wieso im Glas?> >In Bayern sind Steinkrüge oftmals nur halb gefüllt, der Preis ist aber derselbe> :antwortete Marc ihr lächelnd. Der Zapfer hinter dem Tresen

hatte die kleine Unterhaltung mitbekommen, sagte dazu: >Wir sind hier bei Stuhlmacher in Münster und nicht in Bayern> und grinste. >Bayern kann überall sein< :kam von Marc trocken lachend zurück. <Sind das hier alle Arbeitslose, Harz 4 `ler oder hat die Stadtverwaltung schon Schichtende?< fragte Marc dann den Zapfer. <Die ersten beiden Gruppen sind wohl regelmäßig nicht unsere Gäste, ihre Vermutung mit der dritten
Gruppe, Behördenhengste, ist wohl richtiger.< erhielt er zur Antwort und der Zapfer grinste in sich hinein. Elin und Marc standen in der Nähe des Kneipeneingangs, in unmittelbarer Nähe der Pendeltür des Eingangs. Marc und Elin redeten über alte Zeiten, ihre Schule und „Gott und die Welt". Inmitten des Gedankenaustausches öffnete sich schwunghaft die Pendeltür und Thomas Berger, ein Schulfreund aus dem „Hittorf" betrat die Gaststätte. Tommy staunte nicht schlecht, als er Elin und Marc zu Gesicht bekam: <Was macht ihr denn hier? Und das ihr zusammenkommt, war schon mein Tipp noch aus Schülerzeiten des „Hittorfs".> Elin erklärte ihre und Marcs Anwesenheit in Münster, den Tod ihrer Mutter; und zusammen, das sei man bislang noch nicht, aber das

Leben ist hoffentlich noch lang und was nicht ist, das kann freilich noch werden. Bei ihrem letzten Halbsatz lächelte Elin Marc an und fragte Tommy: <Was treibt dich denn zu so früher Stunde in die Wirtschaft, Krach mit der Ehefrau?>. <Ich war gerade auf der Steinwache, hier um die Ecke, habe für das K1 des Präsidiums ein Personenfest-stellungsverfahren durchgeführt. Ach, das wisst ihr sicher nicht, ich bin Kriminalhauptkommissar und leite gerade eine Mordermittlung und eine Ehefrau kann ich mir bei meinem stressigen Job zurzeit nicht vorstellen.> :sagte Tommy. <Was macht ihr beide denn so beruflich?> :hakte er nach <Beim BKA und Redakteur in Hamburg, keine schlechten Karrieren. Ich glaube, ich habe von dir schon was gelesen Marc.> Zu ihnen gesellte sich noch ein Kollege Tommys aus der Gerichtsmedizin, der sich kurz mit ihm besprach und nach einem kurzen Kopfnicken, zu Elin und Marc, wieder aufbrach. <Warst du eigentlich beim Bund Marc? Und hast dort beim Kickboxen einige Erfolge erzielt?> :fragte Tommy Marc ziemlich direkt. Marc nickte nur. <Dann hast du einem Kollegen aus dem Polizeidienst in deiner aktiven Zeit wohl den Arm gebrochen.> <Erinnere mich bloß nicht an diese dumme Geschichte, an

diesen verunglückten „Roundhouse - Kick", das tut mir heute noch leid, ich wurde seinerzeit aus Calw von den Fallschirmspringern zu diesem Kickboxcontest entsandt.> :sagte Marc und blickte recht bekümmert. <Wenn du das nächste Mal nach Münster kommst, planen wir eine Tour zu dritt.> :meinte Tommy und zu Elin gewandt sagte er, sie wäre dann auch dabei. Nach zwei bis drei weiteren Bieren, bei denen man über Pedder und vergangene Zeiten am „Hittorf" sprach, verabschiedete man sich und hoffte auf ein baldiges Wieder- sehen. Elin und Marc verließen das „Stuhl- macher" und schlenderten durch die Altstadt. Sie gingen an der Lambertikirche vorbei, weiter unter dem Bogen in Richtung Buddenturm, einem mittel- alterlichen Baudenkmal, einem Wehrturm der damaligen Stadtbefestigung. Dann überquerten sie die Aa und gingen über die Promenade auf die JVA zu. Direkt gegenüber der Justizvollzugsanstalt wohnte Elin in der Wohnung ihrer Mutter. Es war eine schöne helle Wohnung in einem kernsanierten Altbau, ein wunderschönes Wohnumfeld. Hatte nur einen Nachteil, es roch etwas stickig nach Alters- heim, aber so ist es nun mal, dachte Marc, wenn man nicht regelmäßig eine Immobilie nutzt. Elin bemerkte, Marcs beeindruckten Blick und das ihm die Wohnung durchaus gefiel, meinte nur: <Mutter hatte keinen so schlechten Geschmack, aber nimm doch schon Platz im Wohnzimmer. Ich mache für dich einen Bordeaux auf, einen 96er Chateau Belair und ich trinke dann einen Prosecco.> Marc schaute Elin an sagte: >Gern< und lächelte.

Es wurde ein schöner Abend für Marc und Elin. Marc erzählte hauptsächlich aus den Lebensabschnitten, die Elin bislang unbekannt waren. Wie er zum Bergsteigen kam, von seinem Vater und was dieser von Elins Vater, Valter Poska, zu berichten wusste; und das Marcs Vater ihn, seinen Bergkameraden, Valter Poska, im Jahr 1944, letztmalig zu Gesicht bekam.

>Nun erzähl mal von dir Marc, was hast du denn nach deinem Amerikatrip gemacht?< :fragte Elin. Das wäre wohl schnell zu berichten meinte Marc ein wenig nachdenklich.

Nach der Route 66

Auf dem FMO wurden Pedder und ich von meinen Eltern mit dem Auto vom Flughafen abgeholt. Die Lufthansa - Maschine hatte etwa dreißig Minuten Verspätung, Gegenwind war dazu die lakonische Mitteilung des Flugkapitäns aus dem Cockpit. Pedder wurde von uns in Coerde abgesetzt, wir fuhren weiter nach Kinderhaus. Wir beide war doch erfreut, wieder zu Hause zu sein, denn so lange Zeit war keiner von uns bislang aus Münster und von den Eltern weg gewesen. Von Mutter hörte ich sofort, du hast einen Brief von der Bundeswehr zu Hause. Vater habe schon einen Brief, mit dem Vermerk „zurzeit im Ausland", zurückgehen lassen. Danach habe man dann von dort keine weiteren Schreiben mehr erhalten, ich müsse mich aber schon dort „als zurückgekehrt" bemerkbar machen, meinte Vater. Aber das habe wohl noch etwas Zeit. Nach kaum einer Woche in Deutschland, war dann sofort wieder ich dann sofort wieder im normalen Alltag zurück. Ich beschäftigte mich mit meiner möglichen Studienauswahl an der WWU und schwankte zwischen Wirtschafts- oder Politikwissenschaften und Medizin. Für eine Zulassung zum Medizinstudium würden meine Noten, aus dem schulischen Bereich, im kommenden Jahr wohl ausreichen, wenn ich denn Medizin studieren wolle, meinte man auf der Zulassungsstelle. Über kurz oder lang nahm ich meine alten Gewohnheiten wieder auf, ging joggen und zum Judotraining. In meinem Judoklub hatte man zwei neue Abteilungen eingerichtet, für Karate und Kickboxen. Ich meldete mich zum Kickboxen an, das Training war hart, aber wirkungsvoll. Irgendwann hatte ich mal über die Zulassungsbestimmungen, also von den persönlichen Voraussetzungen der Bewerber, bei den Spezialeinheiten bei der Bundeswehr etwas gelesen. Die erreichte ich nur zum Teil, das Joggen wurde intensiviert und die geforderte Anzahl der Rist - Klimmzüge erreichte ich auch schnell.

Die Einberufung kam schnell und die Grundausbildung, in Augustdorf bei Detmold, in der Generalfeldmarschall-Rommel-Kaserne, war schnell vorüber. Mit dem dortigen Bundeswehr - Personalberater führte ich ein Gespräch über mein kommendes Studium und meine Möglichkeiten hierzu auf einer Bundeswehruni. Das Beratungsergebnis beinhaltete für mich eine Verpflichtung auf 12 Jahre. Im BW - Jargon ein Z 12 er oder auch „Z -

unendlich". Schnell wurde ich für weitere Aus-
bildungsgänge zu den Fernspähern versetzt. Hinzu
kam hier dann das ganze Programm, Fallschirm-
springen, Einzelkämpferausbildung, Nahkampf-
schulung, das lag mir durchaus. Kickboxen war
sowieso mein Hobby und ist beinahe gleichwertig
mit einer BW - Nahkampfausbildung zu sehen.
Kondition hatte ich genügend, nur psychisch war
dann der nachfolgende Einsatz in Afghanistan
durchaus grenzwertig. So einige Erlebnisse von
dort verfolgen mich im Schlaf, noch heute. Mit den
Fernspähern in den Höhlen des „Tora - Bora
Massivs" das ist mein schlimmster Albtraum -noch
heute.

Mein BW - Studium „Politik und Medienwissen-
schaften" lief während meiner normalen Dienstzeit
ab. Das war insgesamt eine gute Entscheidung, kein
Job in den Semesterferien oder während des
Studiums; ohne elterliche Unterstützung konnte
man überleben und hatte keine finanziellen
Probleme im Studium, ich war einfach nur
zufrieden. Und nun zu unseren Vätern meinte
Marc und lächelte, da er an seinen Vater dachte.

Wimbachgrieshütte auf der Watzmannrückseite

Die Wimbachgrieshütte liegt 1327 m hoch und wurde vor wenigen Jahren in den Berchtesgadener Alpen erbaut. Deren Lage in den bayerischen Alpen ist einfach nur grandios, in der sie umgebenden Bergwelt, in der Nähe des Watzmanns. Der Gipfel des Watzmanns lag von der Hütte aus in einer Entfernung von etwa 10 km -also leicht und schnell für meinen Vater am kommenden Vormittag zu erreichen, wie er das wohl geplant hatte. Für meinen Vater, sagte Marc, war beinahe das Ende der Ferien erreicht, denn seine letzte Ferienwoche hatte schon begonnen. Zuvor hatte er zwei Wochen auf der Wimbachgrieshütte gearbeitet. Mit dem Hüttenwirt war er von mehreren voraus gegangenen Bergtouren gut bekannt, fast befreundet, daher war er hier ohne Schwierigkeiten zu einer Ferientätigkeit gekommen, was sonst nicht so einfach war; und er wurde so mit seinen ersten lettischen Bergsteigern bekannt. Gunvald kam mit denen zum Abschluss seines letzten Arbeitstages auf der Wimbachgrieshütte in Berührung. Das Wetter am Berg hatte sich drastisch verschlechtert, es roch förmlich nach Schnee, und es dunkelte schon. Im Kanonenofen knackte hin und wieder das Feuer, das Bernie, der Hüttenwirt, angefacht hatte, denn es war schon empfindlich kalt geworden. Die schwere Hüttentür wurde aufgestoßen, zwei verwegen aussehende Gestalten betraten die Wimbachgrieshütte und wischten sich den Schnee von den Schultern. Es waren Valter Poska, dein Vater und Ero Kallasmaa, zwei riesige, bärtige Gipfelstürmer mit entsprechenden Rucksäcken. Valter war ein gut aussehender junger Mann, der von Figur und Ausdruck Arno Breker, einem bekannten Bildhauer der damaligen Zeit, durchaus hätte für seine Großplastiken Modell stehen können. Gunvald wusste nicht warum, aber er musste sofort an die Breker - Plastik „Der Wächter" denken, die er in einer der Breker Ausstellungen in Berlin gesehen hatte. Ero wirkte demgegenüber mehr wie ein typischer Russe, etwas rundlicher, aber wohl mit Bärenkräften. Sie wollten hier, in der Wimbachgrieshütte, für die Nacht unterkommen, was erst einmal kein Problem war und am kommenden Tag wollten sie auf der Direttissima den Berg besteigen. Das war für Bernie, den Hüttenwirt , als er das mit bekam, dann doch schon ein Problem. Er riet für die kommenden Tage von diesem Vorhaben ab, aus, so wie er meinte, wetterbedingten Gründen. Es sollte weiter leicht schneien und dann sei das Begehen einer Direttissima zu gefahrvoll. Ero und Valter ließen sich davon aber nicht beeindrucken, die Warnungen des Wirtes blieben also erfolglos. Man trank zwei, drei Bier und zum Schluss wurde Gunvald, mein Vater, mit auf diese Bergtour, wie sie es nannten, eingeladen. Bernie meinte nur trocken, das sei ein Himmelfahrtkommando -und das sagte er nicht oft, wie ich wohl wusste. Bernie riet uns am kommenden Morgen immer noch ab, bei diesen schlechten Wetterbedingungen in die Watzmann - Westwand einzusteigen -sein reden blieb freilich, wie voraus zu sehen, vergeblich. Das Wetter war, wie schon Tage vorhergesagt, einfach zu schlecht. Am ersten Tag kamen wir nicht weit, Berie dachte, sie würden umdrehen. Valter sagte, dass der Schlüssel des Erfolges immer nur Teamgeist und Erfindungsreichtum sein könne. Sie wären schließlich gut vorbereitet und das würde dann fast immer den Drang nach Größerem in ihnen wecken. Die Kletterausrüstung seiner Bergkameraden war einfach, aber zweckmäßig. Sie schliefen in einem Zelt zu dritt, das man nach deutscher Betrachtungsweise wohl nicht mal als Einmann - Biwakzelt abgeben dürfte. Ero kroch hinein, zog wegen des geringen Platzes die Knie an, Valter und Gunvald legten sich dann wie Puzzleteile ganz eng hintereinander dazu. Das gab Wärme pur und das bei nur 400 Gramm Biwak - Zeltgewicht pro Kletterer. Das Manko war aber, wenn einer mal einen Muskelkrampf bekam, dann mussten zwangsläufig alle ihre Lage verändern -so hat alles bisweilen auch seine Nachteile. Am ersten Tag waren wir kaum vorangekommen, berichtete Gunvald. Am zweiten Tag kraxelten wir noch langsamer, fast hätte Bernie zu diesem Zeitpunkt die Bergwacht alarmiert. Am vierten Tag, es fiel wieder reichlich Schnee, ging Bernie davon aus, dass sie alle tot wären. Dann sah er aber in der Nacht, für einen kurzen Augenblick, die Biwaklampen am Gipfel leuchten. Mein Vater sagte, er habe sich nicht vorstellen können, dass man so langsam bergsteigen konnte, bei so miserablen Wetterbedingungen - und dessen ungeachtet reichlich Freude und Spaß haben konnte. Es sind dann ein paar Jahre vergangen. Gunvald ist mit den beiden Baltendeutschen aus Reval, Valter und Ero, durch nicht bestiegene Bergwände geklettert, hat unzählige Male biwakiert, gefroren, verzweifelt, gezecht, geschwoft und hat viele Gipfel erreicht und ist beinahe fast umgekommen; und nichts davon habe er auch nur einen einzigen Moment bedauert, so berichtete Gunvald Scholz, mir, seinem Sohn. Politisch lag man fast auf einer Wellenlänge, rechts, das war damals wohl der Zeitgeist, nehme ich an, dem man sich so gut wie unmöglich entziehen konnte. Praktisch war auch, dass die Beiden in München wohnten und dort studierten, so wie er, Gunvald, ebenfalls. <Verlässliche Freunde fürs Leben findest du nur am Berg> :sagten Ero und Valter oftmals und das war wohl auch so.

Als sie dann nach knapp einer Woche in der Wimbachgrieshütte, bei Bernie, zurück waren, hat Bernie nur gemeint: >Die knapp 10 Kilometer hätte ich auf dem Wanderpfad am Vormittag zurücklegen können. Aber so ist eben die heutige Jugend.<

Bernie war nämlich rund dreißig Jahre älter als sie, und wenn Gunvald sich an damals erinnerte, kam Bernie ihm seinerzeit, also Anfang 1930, schon steinalt vor. Mein Vater wurde im Studium SA - Mitglied, Gunvald und Ero waren

der SS beigetreten und wurden dem SD unterstellt. Seine Bergkameraden gingen ab 1937 nach Bad

Tölz, auf eine der Junkerschulen. Vater meinte nur, die Beiden hatten manchmal schon etwas Militärisches, also war deren Wahl wohl auch naheliegend und überdies für mich auch noch lebensrettend.<So oder so ähnlich ist mir das recht ausführlich von meinem Vater berichtet worden, kurz vor seinem Tod. Es war ein recht bunter Lebenszyklus, und nicht nur Schönes, wie du selbst noch feststellen wirst, Elin> :meinte Marc und berichtete weiter.

Vorm Kurheim Hanselbauer

Der Führer und Reichskanzler hatte seinen SA-Kampfbundführer, Julius, Ernst Röhm, aufgefordert, eine Führertagung innerhalb der SA einzuberufen. Danach, im Juli des Jahres 1934, sollte die SA dann zu einer, von Berlin so genannten revolutionären Regeneration, eine vierwöchige Kampfpause einhalten, also mehr oder weniger Urlaub machen. Mit dem Ziel, dass die SA-Männer auch zukünftig, bei den zu erwartenden Mühen des Kampfes auf der Straße, weiterhin ihren Mann stehen könnten.
Gunvald Scholz, Marcs Vater, war also auf dem Weg zur Führertagung der SA in Bad Wiessee, als er und seine drei mit ihm reisenden SA Gefährten, von der SS aus dem Auto heraus, bei der Ankunft am Tegernsee festgenommen wurden.>Sieh mal einer an, es geht doch,< :sagte ein Angehöriger der SS - Leibstandarte, >der frühe Vogel fängt den Wurm<. Gunvalds „SA Kamerad", der als Erster den Wagen verlassen hatte, antworte ihm grinsend: >Nur, wenn der Wurm nicht richtig ausschläft.< >Euch wird das Grinsen noch vergehen<, wurde ihm drohend geantwortet. Die Fest-

genommenen wurden unmittelbar nach Stadelheim überstellt und zum Antreten in den dortigen Gefängnishof geführt. SA - Männer, allesamt uniformierte Angehörige der Sturmabteilung, etwa zwanzig, hielt man auf dem Innenhof des Gefängnisses gefangen, einzelne waren totenbleich. Gunvald schwitzte, Schweiß lief ihm in seiner SA - Uniform den Rücken herunter. So fühlte er sich immer, wenn er sich in Lebensgefahr befand. Hin und wieder wurde dann einer der Kameraden namentlich herausgerufen, kam nach einer Weile mit zerrissener SA - Uniform und abgerissenen Epaulettenstücken zurück. Der Eine oder Andere von ihnen, wenn er denn zurück auf den Gefängnishof kam, hatte ein blau geschlagenes Auge oder hielt sich ein bluttriefendes Taschentuch vors Gesicht. Einzelne kamen nicht zurück, man hörte dann zuvor gedämpft einen Pistolenschuss fallen und der nächste Delinquent wurde aufgerufen. Die wieder in den Gefängnisinnenhof Zurückgekehrten wurden in einen abgetrennten Bereich des Innenhofs geführt. Als sich annähernd alle Festgenommenen im Gebäude, wahrscheinlich zu einer Befragung aufgehalten hatten, trat ein SS - Obersturmführer mit Sturmriemen unter dem Kinn vor und kommandierte: <Freiwillige vor>, er kommandierte dreimal: <Freiwillige vor>. Zwischenzeitlich kamen ununterbrochen weitere Lastwagen, eskortiert durch Görings Feldpolizei, sie transportierten bleiche SA - Männer in verschlissenen Uniformen, beorderten sie in den Innenhof und die Tore schlossen sich hinter ihnen. Auf dem Innenhof erwartete sie die „Adolf Hitlers SS - Leibstandarte", Foltertruppen gleich, mit dem SS - Totenkopf an der Uniform- mütze, ausgerüstet mit Maschinenpistolen und Karabinern. Sie sollen den Henkersdienst an ihren SA -Kameraden vollstrecken, einen „Führer- befehl" ausführen. Die Stimme des SS - Obersturm- führers zitterte, als er zum dritten Mal kommandierte: <Exekutionskommando, Freiwillige vor>. Keiner meldete sich. Der SS - Offizier suchte 20 Mann aus für ein Exekutionskommando und kommandierte dann: >Zwanzig Schritt vor die Front<. Einer seiner Kameraden, ein SS - Stur- mann der „Adolf Hitler SS - Leibstandarte" zog blitzschnell seine Dienstwaffe, rief „Sieg Heil", steckte sich den Pistolenlauf seiner 08 in den Mund und drückte ab. Sieben weitere, für das Exekutions- kommando ausgewählten SS - Männer, folgten diesem Exempel. Alle anderen weigerten sich dann, an die befohlene Exekution auszuführen und wurden dann von dem SS - Offizier vor die Wahl gestellt, dem Führerbefehl Folge zu leisten oder die Partei sofort zu verlassen. Alle entschieden sich für das Letztere. >Ich erschieße in Friedenszeiten keine Kameraden, mit denen ich den gleichen Kampf gekämpft habe, ohne Verurteilung eines Wehrgerichts< :hörte Gunvald einen von ihnen erklären. Die Antwort des Offiziers kam schnell: >Das interessiert mich nicht, Befehl ist Befehl.< Inmitten dieser Geschehnisse wurde dann der Name meines Vaters „ Gunvald Scholz" aufgerufen. Ein SS - Sturmmann stieß ihm die MP in den Rücken und sagte nur: <Zum Verhör, Scholz>. Das wiederholte er dann mehrfach, bis er mit ihm im Verhörraum angekommen war, und ließ ihn dort allein und verschloss die Tür hinter sich. Schummeriges Licht umgab ihn und eine geladene Mauser - Pistole lag auf dem Schreibtisch. Ob die wohl meinen ich erledige deren Geschäfte? Selbstmord aus Angst vor dem Tod? Das will ich nicht glauben, dachte Gunvald. Es verging einige Zeit und er konnte den Raum in Augenschein nehmen. Ein Führerbild an der Mauer, Blutspritzer an Wand und Boden. In der

Mitte des Raumes stand ein Schreibtisch mit zwei Stühlen, es roch nach Blut, Schweiß und Fäkalien. Es schien offensichtlich das Verhörzimmer der „Leibstandarte - SS Adolf Hitler" zu sein. Nach etwa fünf Minuten, mein Vater dachte es sei schon eine knappe Ewigkeit vergangen, öffnete sich die Tür zum Nebenraum und dein Vater Valter Poska, Gunvalds Bergkamerad, kam durch die Tür. In schwarzer SS - Uniform und im Rang eines SS - Junkers. Valter umarmte ihn, berichtete mir mein Vater, zog ihn in den Nebenraum, sagte: <Klamotten aus> und zeigte auf einen Haufen schwarzer Uniformen mit dem Ärmelband „Leibstandarte - SS Adolf Hitler" und sagte nur: <Anziehen und mitkommen>. Es wurde ein langer Gang durch Stadelheim, es roch nach Reinigungsmitteln, eine Mischung aus Schmierseife und Bohnerwachs. Die Trittgeräusche der auf den Gefängnisfluren laut hallenden Schritte unserer Armeenagelstiefel wurden hin und wieder undeutlich durch entfernt abgegebene Schüsse unterbrochen und waren bis hin zum Ausgang zu hören. Dein Vater sagte dann zum Abschied zu Gunvald: <Wir sehen uns in einigen Wochen, du hörst von mir, geredet wird später> und er wurde

von ihm aus dem Gefängnistor gestoßen, in die
Dunkelheit der Nacht Münchens.

„Spießer, Nörgler und Gleichgeschaltete oder die
Vorgeschichte" Die Sturmabteilung warnte im Juni
1934, durch Ernst Röhm, in einer Kolumne, in
seiner, von der SA herausgegebenen Wochen-
schrift, „Der SA-Mann", in dem Artikel "Spießer,
Nörgler und Gleichgeschaltete", die sich auf frisch
ergatterte Posten zurückzogen und nun Ruhe und
Ordnung verlangten, seien kurz davor, die
nationale Revolution zu verraten. Röhm wurde nun
noch deutlicher:

Ob es ihnen passt oder nicht - wir werden unseren
Kampf weiterführen. Wenn sie endlich begreifen,
um was es geht: mit ihnen! Wenn sie nicht wollen:
ohne sie! Und wenn es sein muß: gegen sie!Röhms
Kolumne war ein durchaus ernst gemeinter Mahn-
ruf eines selbstsicheren Mannes, der über vier
Millionen weitgehend mittellose und denkbar ge-
walttätige Männer seiner Sturmabteilung hinter
sich wusste; und deren soziale Lage sich seit Beginn
der Machtübernahme nicht verbessert hatte, wie die
Partei in der Kampfzeit aber immer versprochen
hatte. Viele Mitglieder seiner Organisation fühlten
sich, mehr oder weniger, wie der „Parias der

nationalen Revolution". Und Zahl seiner SA - Männer stieg stetig an, ein Grund dafür war, dass die NSDAP nach der Machtübernahme einen Aufnahmestopp verfügt hatte -im Gegensatz
zur SA Röhms. Dessen Ermahnungen und seine Forderung nach einer „Zweiten nationalen Revolution" musste auch der Führer ernst nehmen und das tat er wohl auch. Denn er erklärte, nach der durch ihn veranlassten Liquidierung der SA - Führer, im Juli des Jahres 1934, die nationalsozialistische Revolution in einer Reichstagsrede öffentlich als beendet.
Es wurde innerhalb der Schutzstaffel reichlich spekuliert, was es mit diesen Geschehnissen wohl auf sich habe, die sicherlich als "Röhm - Putsch" oder "Nacht der langen Messer" in die NSDAP - Parteigeschichte eingehen würden. Denn wenn ein Kampfbundführer, der eine „Zweite nationale Revolution" geplant hat, schlafend in seiner Bettstatt überrascht wird, dann ist die Hypothese eines "Putsches", die aus der Reichskanzlei verbreitet wurde, wohl in keiner Weise glaubwürdig. Ausschlaggebend für die Aktion aus der Reiskanzlei scheint gewesen zu sein, dass Röhm mit Schleicher ein Telefonat führte, welches

vom SD mitgeschnitten wurde, in dem er sich mit ihm zu einem persönlichen Gespräch verabredete. Gesprächsziel sollte die Erneuerung der Querfrontpolitik sein, zwischen Wehrmacht und der Sturmabteilung. In dem abgehörten Telefonat waren beide ehemaligen Kontrahenten, Röhm und Schleicher, einem Burgfrieden sehr nahe gekommen und das schien die Machtbasis der Reichskanzlei in den Grundfesten zu erschüttern. Der Führer musste also handeln, wenn er politisch Überleben und nicht von einer „Zweiten nationalen Revolution" durch SA und Wehrmacht, hinweggefegt werden wollte.

So erklärte Gunvalds Bergkamerad, der SS - Sturmführer Valter Poska, sein bester Freund, etwa zwei Wochen nach der „Nacht der langen Messer", den Ablauf der Geschehnisse am 30. Juni 1934.Auch des Führers charakterlose Verwunderung, dass Ernst Röhm homosexuell gewesen sei, nahm in den nachgeordneten Parteigliederungen im Jahr 1934 niemand für bare Münze. Ein gerne erzählter Scherz, unter Parteimitgliedern und in der Bevölkerung vom Juli 1934, trifft wohl den Kern der Sachlage,

Der Führer zeigte sich schockiert, als er von Röhms homosexueller geschlechtlicher Ausprägung erfuhr - wie schockiert wird er erst sein, wenn er erfährt, dass Göring dick ist und Goebbels humpelt. :antwortete mein Vater und lachte dabei Valter aus und fragte weiter, <Valter, mich interessiert auch noch, wie du denn an die SS - Uniformen kamst und mich damit aus Stadelheim herausbringen konntest?> <Gunvald, du kannst dir sicher vorstellen, die Gestapo hatte Informanten, auch in deiner der SA - Führung und diese wollten SS und SD nicht enttarnen. Ich konnte dich also auf diese Kontaktpersonen - Liste setzen, man will ja seinen Bergkameraden nicht verlieren. Du brauchst mir nicht zu danken, ich weiß, du hättest das Gleiche für mich getan< :sagte Valter Mein Vater nahm damals an, er habe einen guten Freund und Bergkameraden verloren, dem war aber nicht so oder ist sicherlich nie so. <Gute Freunde verliert man nicht, die sterben allenfalls> : meinte Valter nachdenklich zu Gunvald, <Sie gehen nur getrennte Wege in einer unruhigen Zeit, die gerade wohl erst angebrochen ist>. Und Gunvald konnte nur zustimmend nickend seinem Freund und Bergkameraden beipflichten.

Nach Vaters Studium

Nach seinem Fremdsprachenstudium, English, Französisch und Russisch wurde Gunvald Scholz, sofort zur Gebirgstruppe der Wehrmacht eingezogen, es war zwischenzeitlich Oktober 1934 geworden; so berichtete er seinem Sohn Marc. Da er Bergklettern nicht besonders erlernen musste, wurde von seinem Truppenführer , seinem neuen Bergkameraden, für Gunvald ein gesondertes Ausbildungsprogramm entworfen, mit dem er mehrere Alpengipfel an freien Wochenenden erklimmen konnte. Nach dem Grundwehrdienst bei den Gebirgsjägern, in der Zeit, als alle seine Kameraden das Bergsteigen im Hochgebirge erlernten, wurde er zu den Fallschirmjägern nach Calw, zu einer Springer- und Einzelkämpferausbildung, abkommandiert. Das war eine recht spannende Erfahrung, welche durch Kameradschaft und Zusammenhalt, mit vielen Strapazen nach etwa 6 Monaten erfolgreich zum Abschluss kam.
Daran anschließend wurde mein Vater, so berichtete Gunvald seinem Sohn Marc, nach Berlin, zum Amt Ausland/Abwehr der Wehrmacht versetzt und zu weiteren Schulungen für neun Monate Ausbildung

nach Sonthofen im Allgäu, gemeinsam mit der 115.
Marinesturmabteilung abkommandiert. Er habe
wohl das Gefühl gehabt, das Militär wollte, seinem
Sprachstudium entsprechend, wohl einen adäquaten
Verwendungszweck schaffen für ihn schaffen,
Russisch ohne Akzent, was durchaus funktionierte.
Außerdem bekam er eine russische Familienlegende,
den Namen eines russischen Oberleutnants mit
Physikstudium in Leningrad. Das waren alles Vor-
bereitungen für etwaige Kommandounternehmen
hinter der russischen HKL. Er wurde danach als
Obergefreiter, ein Lehrkörper, wie das Amt sagte,
für Offiziere, Generäle und Mannschaften eingesetzt. In Uniform sah er recht eindruckvoll aus,
mit den Abzeichen der Gebirgstruppe und dem Abzeichen der Fallschirmspringer. Zusammen mit
einer Baltendeutschen aus Reval, die mit einem
Wehrmachtsoffizier verheiratet war, betreute hauptsächlich Kurse für Russisch, was ihm damals schon
hinlänglich zu denken gab. Mit Kriegsbeginn sei er
dann zur „Division Brandenburg" der Wehrmacht-
verfügungstruppe der Abwehr eingezogen worden
und zu weiteren Ausbildungsmaßnahmen nach
Tilsit, in Ostpreußen, abgestellt worden. Nach
einem weiteren Auffrischungsprogramm, plus

Offizierslehrgang im Schnelldurchlauf, ein so-
genannter „Heldenlehrgang" meinte sein Vor-
gesetzter, wurde er dann zu mehreren kleinen Ein-
sätzen im russischen Hinterland der Front, als
Oberleutnant eingesetzt. Warum man den Lehr-
gang Heldenlehrgang nannte, erschloss sich ihm
erst wesentlich später, erzählte er, als er die Ver-
lustzahlen für Offiziere und Mannschaft der
Wehrmacht zu Gesicht bekam. Die Verluste an
Offizierspersonal waren hier überproportional im
Vergleich zu den Mannschaftsdienstgraden.
Vorwiegend wurden von ihm Befragungen von gefangen genommenen russischen Offizieren für das
Amt Ausland / Abwehr der Wehrmacht durchgeführt, also nichts Aufregendes. Er flog mit einem
„Fieseler Storch" an, hatte den Piloten,
Protokollanten und einen Soldaten seiner Division
dabei. Im Regelfall wurde er dann mit seinen Leuten
auf dem nächsten Feldflugplatz von der Einheit abgeholt, von der der Delinquent gefangen genommen
wurde. Im Gesprächsverlauf entschied er dann, ob
der Gefangene nach Berlin zu verlegen war, wenn
nicht, wanderte der in ein normales Offizierlager
für die Angehörigen der „Roten Armee". Aufregend
war allenfalls der Flug und bisweilen auch die

Landung, hin und wieder wurden sie von russischen „Ratas" (Polikarpow I - 16) angegriffen oder man musste auf einem freien Feldstück in der Nähe des Gefechtsstandes landen. In der Dunkelheit war das mit einer Beleuchtung von Autoscheinwerfern nicht so angenehm. Alles in allem sei er von einem sogenannten Heldentod doch weit entfernt gewesen, so sagte er, aber das sollte sich schnell ändern.

Im Oktober des Jahres 1941 hatte das Amt / Abwehr, in einem von meinem Vater verfassten Vernehmungsprotokoll, über einen russischen Offizier informiert, der einen seiner Moskauer Verwandten, als Fahrer bei „Stalin, Iosseb Bessarionisdse Dschughaschwil", im Volksmund der „Stählerne", beschäftigt hatte. Das Protokoll vermittelte interessante Einblicke in Leben und Verhaltensweisen „Josef Stalins", des sowjetischen Diktators. Was mein Vater damals nicht wusste, alle Berichte, die irgendeinen Bezug auf „Stalin" hatten, mussten von der Abwehr dem Führerhauptquartier vorgelegt werden.

Etwaige Maßnahmen, der Abwehr, SD (Sicherheitsdienst des Reichsführers - SS) oder RSHA

(Reichssicherheitshauptamt), durften nur in enger Abstimmung mit der Reichkanzlei erfolgen.

Aktionsplan der Brandenburger vor Moskau Januar 1942

Im November 1941, als der Vormarsch unserer Armeen und Heeresgruppen, in einer winterlichen Abwehrschlacht, kurz vor Moskau, zum Stehen gekommen war, hatte man auch in der Abwehr, SD und RSHA wohl die Ernsthaftigkeit der militärischen Lage erkannt; und man plante nun hektisch erneut Verbesserungen der militärischen Positionen. Den möglichen Ausweg aus dieser ungünstigen Gesamtsituation vor Augen, wurde mein Bericht durch weitere Befragungen ergänzt, durch Angaben von anderen Kriegsgefangenen erweitert und plante nun nur konsequent, den sowjetischen „Generalissimus Stalin" zu eliminieren. Walter Schellenberg, der Leiter des Auslandsnachrichtendienstes im Amt VI des RSHA, hatte aus diesem Anlass sich zum Chef der militärischen Abwehr „Wilhelm Canaris" begeben, um für eine zügige Umsetzung des Führerbefehls zu sorgen. Der Führer hatte sich schon euphorisch in der Wolfsschanze in Rastenburg über die Planungen des RSHA eindeutig geäußert: <Ich werde der sowjetischen Hydra den Kopf abschlagen.> Und

hierzu hatte er dann seinen SS - Obersturmführer
Walter Schellenberg mit der Umsetzung dieser
Maßnahme betraut, alle Vollmachten gegeben und
Schellenberg drängte nun gegenüber Canaris dem-
entsprechend auf Dringlichkeit. Canaris ver-
abscheute Hektik und sagte nur: <Immer mit der
Ruhe, alles andere kostet Menschenleben, Material
und unsere Karrieren und das will doch wohl keiner
und vonseiten der Abwehr wird Oberleutnant
Scholz die Aktion leiten. Wie sie sehen Herr Obersturmführer, habe ich ihn schon zu uns gebeten>.
Schellenberg schien das recht zu sein, denn Wider-
spruch dagegen erfolgte nicht. Himmler und Hitler
hatten, wie Schellenberg dann dezidiert ausführte,
schon einen Plan entwickelt, der auf meinem Ge-
sprächsprotokoll und den Ergebnissen von weiteren
Befragungen durch die SS bei russischen Kriegsgefangenen beruhte. Unter vielen Gefangenen
konnte dann auch der Sohn von General Nikolai
Lasik, dem Befehlshaber der Leibwache „Stalins",
befragt, der interessante Aufklärungen zu Stalins
Aufenthaltsort in Kunzewo, etwa 20 Kilometer
westlich vor Moskau, machen konnte. Zum Plan
aus der Reichskanzlei, den Schellenberg nun vor-
trug, sagte Canaris nun nach etwa 30 Minuten

Vortragslänge: <Schellenberg, das könnte gelingen>. <Das hoffe ich doch, Material, Personal oder was auch immer, nur bei mir persönlich telefonisch anfordern, geliefert wird dann umgehend, höchste Geheimhaltungsstufe hat der Führer befohlen> :sagte Schellenberg abschließend und lächelte mich an <Es muss einfach gelingen, die militärische Situation in Russland ist denkbar schlecht,<, ergänzte er dann noch, >aber das ist für Sie bei der Abwehr auch deutlich geworden.< Walter Schellenberg, der Leiter des Auslandsnachrichtendienstes im RSHA verließ den Konferenzraum, in dem nur Canaris und Gunvald zurückblieben. <Es ist zu prüfen, ob wir „in persona" Mitstreiter aus deren Reihen überhaupt für wünschenswert erachten>, dachte Canaris laut. >Wenn von denen ein Übergewicht besteht, wird ein Erfolg gleich auf deren SS Fahne geschrieben und es wird wieder einmal von dort die Auflösung der Abwehr gefordert werden. Bei einem Misserfolg ist die Verantwortung dann geteilt, was denken Sie Scholz?> >Wir könnten meinen alten Bergkameraden, den Obersturmführer Valter Poska, anfordern. Valter ist Balte und stammt aus Reval, extrem zuverlässig und spricht exzellent Russisch.

Den Rest müssten wir wohl in eigener Verantwortung erledigen können, wenn nicht, kann man ja immer noch um Beistand von der „SS" bitten, was das Amt aber vermeiden sollte, Chef.>

<Scholz, völlig meine Meinung, meine Zustimmung haben Sie. Erwarte Ihre Start- und Erfolgsmeldung und grüßen Sie mir Arkadi und Wiktor> :sagte Canaris zum Abschied und das Unternehmen „Snöulv" lief an. Valter, also dein Vater, wurde vom „Frikorps Danmark" aus dem Raum Leningrad in das RSHA beordert und durch Walter Schellenberg, dem Leiter des Auslandsnachrichtendienstes der SS, persönlich der Abwehr unterstellt und von Schellenberg persönlich in das geplante Unternehmen „Snöulv" eingewiesen. Mit dessen abschließender Anmerkung: <Ein guter Freund und Bergkamerad hat Sie von dort angefordert. Ich hatte mir schon so etwas gedacht, die Abwehr will die Verantwortung für das Gelingen wohl nicht gerne alleine tragen, also machen Sie uns keine Schande.> so wurde er von Schellenberg verabschiedet.

Luftaufklärung um Moskau

Die Luftbilder unserer Luftaufklärer, durch mehrere
JU 86 P Höhenaufklärer, zeigten keine ermutigende
Luftaufnahmen, die eine gemeinsame Kommandoaktion durch Abwehr und SS Verfügungstruppe in
Kunzewo erfolgreich erscheinen ließ. Das Gelände
um „Stalins Datsche" in Kunzewo war von keiner
Seite einsehbar und die kurvenreiche Landstraße,
die dorthin führt, findet ein Ortsunkundiger wohl
eher nicht. Zu erkennen waren für uns nur drei
Sicherheitssektoren, mit genügend Wachtürmen, die
ein Eindringen einer Kommandoeinheit unmöglich
machten. Wie wir aus unseren Befragungen
wussten, waren dort auch ausreichend Personen-
minen verlegt worden, die unser Vorhaben weiter
erschwerten. Das Wachpersonal, was den
„Generalissimus" umgab, sei exzellent trainiert und
sowjetischen Eliteeinheiten mehr als nur überlegen.
Die einsame Lage, etwa 20 Kilometer von Moskaus
Innenstadt entfernt, kam Stalin entgegen; der
Diktator war übertrieben misstrauisch, was seine
Sicherheit betraf. Das zweistöckige, rustikale, solide
Gebäude war aus Holz, mit mehreren Balkonen er-
richtet worden. Viele Decken und Wände seien mit

edlem Holz getäfelt, andere Wände mit kostbaren
Tapeten bespannt. Die Datsche soll Gediegenheit
ausstrahlen, doch soll sie nicht unbedingt durch
Überfluss oder Reichtum beeindrucken, war aber
vom Kreml aus direkt mit der Metro für ihn zu erreichen. Es ist eine Metrostation, nur für den
„Generalissimus".

Nach Geheimdienstberichten soll Stalin, immer
wenn er in seine Datsche fuhr, regelmäßig auch
seine Familie bei sich gehabt haben. Es gab ein
Zimmer für sein Lieblingskind Swetlana und für
seinen zweiten Sohn Wassilij. Da er seinen ersten
Sohn Jakub nicht mochte, kam er kaum mit ihm in
Kontakt. Während des Krieges, oder besser des
„Großen Vaterländischen Krieges", wie die Kriegsgefangenen ihn nannten, war Stalin oft in
Kunzewo. Seine Familie brachte er auch von
Moskau dorthin in Sicherheit. Wohl aus Tarnungs-
gründen hatte man das Haus grün angestrichen , es
sei aus der Ferne, so gut wie nicht zu erkennen. Der
„Generalissimus" ist ein leidenschaftlicher Billard-
Spieler, soll aber eine eigenartige Spieltechnik
haben. Er hält das Queue mit den Fingern seiner
rechten Hand, fast wie einen Spieß, und macht
dann seinen Stoß von oben herab. Die Wände seines

Billardsaals sind mit grün - goldenem Stoff bespannt, mit Holz getäfelt und einer gewölbten Decke, die ebenfalls aus Holz ist, wie die Eingangshalle und der Besprechungsraum.

Im Zentrum des Besprechungsraumes sollen zwei lange Kartentische parallel zueinanderstehen. Schwere Vorhänge halten das Tageslicht zurück. Ein Schmuckstück sei auch der offene Kamin; und der Raum soll trotz seiner hellen Holzverkleidung, selbst am Tag noch, düster auf den Besucher wirken.

Von unseren Agenten wussten wir, dass „Stalin" sich zum Beginn des Jahres 1942 in Moskau aufhalten sollte. Der Anlass war das Eintreffen sibirischer Truppenkontingente, von denen er sich zu Beginn deren Winteroffensive 1942 im „Großen Vaterländischen Krieg" in einer Truppenparade auf dem Kremlplatz persönlich verabschieden wollte. Die Gelegenheit war also durchaus gegeben, dass er sich zu dieser Zeit in Kunzewo, in seiner Datsche, aufhielt; auch „Stalins" Anwesenheit hier war in der Regel von einigen Wochen Dauer.

Die Konzeption des Kommandoeinsatzes „ Snöulv", die aus Rastenburg kam, war unausführbar. Ein Treffen im Amt Abwehr / Ausland zur Sachlage *wurde daher von Canaris anberaumt. Canaris, Schellenberg und unsere Väter waren die Teil-nehmer. So berichtete Marc, Elin das Geschehen, für das sich sein Vater „Gunvald" für das sich sein Vater zu seinen Lebzeiten verbürgt hatte.*

Marc wollte es nicht glauben, so unwahrscheinlich kam es ihm vor, was er da von seinem Vater erfuhr. >In der „Wolfsschanze" will man nur Erfolge sehen, der Einsatz der Mittel, die hierzu angewandt werden, ist denen dort gleichgültig.< :sagte Schellenberg. Canaris sicherte zu, die Informationen über die geplanten Veränderungen, in der Konzeption des Einsatzes „Snöulv", würde er in Rastenburg, auf der morgigen Lagebesprechung dem Führer Berichten erstatten.

Einsatzbeginn

Gunvald Scholz schien die Gefahr schon einige Zeit förmlich zu spüren, er schwitzte und Schweißperlen liefen aus seinen Haaren in den Nacken, auf den Uniformkragen eines russischen Fallschirmjägers. An Bord der JU 52 / 3m hörte er deren kraftvolle BMW Motoren, die ein gleichmäßiges Motoren-geräusch produzierten. Von dieser Seite schien ihm wohl alles mehr als in Ordnung. Die JU 52 hatte russische Hoheitszeichen und dazu den passenden russischen Tarnanstrich erhalten. Begleitet wurden sie auf ihrem Flug von zwei russischen Jägern, „Ratas" oder Ratten, wie deren Bezeichnung auf Spanisch bedeutete. Der Name stammte aus dem Spanischen Bürgerkrieg und wurde von der „Legion Condor" demzufolge auch durch die Wehrmacht übernommen. Die russischen Jagdflugzeuge waren Beutemaschinen, die der Wehrmacht, bei ihren schnellen Panzervorstößen an der Ostfront, in die Hände gefallen waren. Nun flogen sie Begleitschutz und sicherten die JU 52 mit russischer Tarn-bemalung und Hoheitszeichen, falls einer der Ivans es denn zu genau wissen wollte. Im Laderaum der JU hatte die Abwehr eine Funkbude eingerichtet, in der zwei russisch sprechende Spezialisten möglichen Funkverkehr für die „Rata - Piloten" übernahmen. Unsere Bewaffnung bestand aus meiner Tokarev 33 und der Makarov mit Schalldämpfer Valters. Jeder von uns hatte eine Maschinenpistole PP-sch 41 mit zwei Rundmagazinen. Als weitere Ausrüstung, die mit Gunvald und Valter zum Einsatz kommen sollte, war eine „Motozikl M72, genannt Molotow" vorgesehen, ein Motorrad mit Beiwagen, das mit einem Dreibein versehen worden war und mit einem russischen Maschinengewehr bestückt wurde. Es war ein gebräuchliches Motorrad, eine Ausführung der „Roten Armee", die aus einer ehemaligen BMW - Lizenzversion entwickelt wurde. Weiter hatten wir einen roten Behälter, der aussah wie eine 20-Liter-Sauerstoffflasche und einen 20 Meter langen Gartenschlauch mitbekommen. Der Absprung erfolgte mit schwarzen, russischen Fallschirmen, bei Nacht, gegen 23:30 Uhr. Weiter kam ein neuartiges kleines Funkgerät zum Einsatz, es hatte eine eigene Batterie und wir mussten in einem Dreierintervall auf einen Knopf drücken, direkt nach der Landung, wenn wir am Einsatzort waren und wenn wir auf unsere Abholung warteten. Die von uns abgegebenen Signale wären nicht zu stören, nicht zu fälschen, es sei denn, ein anderer habe unser Gerät in Händen, aber soweit käme es doch wohl nicht, meinte damals Walter Schellenberg, der uns diese neuartige Agententechnik aus seinem RSHA Auslandsnachrichtendienst zur Verfügung stellte. Unter unserer russischen Fallschirmjäger Kombi trugen wir die grüne Uniform des NKWD, des russischen Geheimdienstes, mit einer blauroten Mütze. Entsprechende Orden und Truppenabzeichen vervollständigten die Militärbekleidung. Gunvalds und Valter waren sich darüber im Klaren, dass man sie bei einer Festnahme umgehend erschießen würde. Valter sagte manchmal zu Gunvald: >Die Zeiten ist unruhig und gefährlich, mein Freund<, recht hatte er, dachte Gunvald dann jedes Mal.

Gunvalds Freund, Valter Poska und er waren von Canaris und Schellenberg auf ein Kommandounternehmen, etwa zwanzig Kilometer vor Moskau befohlen worden. Ihre Absprungzone lag rund 18 Kilometer von Kunzewo, der Datsche des „Generalissimus Stalin" entfernt. Den pockennarbigen russischen Führer im „Großen Vaterländischen Krieg" zu eleminieren, es war ihr erster gemeinsamer Spezialauftrag. In ihrer Landezone würden sie von zwei russischen Agenten der deutschen Abwehr in Empfang genommen, so hatte Canaris ihnen mitgeteilt. Zwei Baltendeutsche, vom russischen Geheimdienst NKWD, die als Doppelagenten für „Fremde Heere Ost (FHO)" der deutschen Abwehr arbeiten. Von denen sollten sie dann neuestes Kartenmaterial, original russische Marschbefehle und weitere Informationen vor Ort erhalten, die wohl für ihren Auftrag von nicht geringer Bedeutung seien. Arkadi und Wiktor, so hießen die Zwei, denen Valter und Gunvald ihr Leben anvertrauten, ohne sie zu kennen oder irgendetwas über sie zu wissen. Auf dem Rückflug sollten sie Arkadi und Wiktor mit zurücknehmen, ihre Identität sei wohl nach diesem Kommandounternehmen verbrannt und ein Verbleiben in Russland würde nur ihr Leben kosten, so oder so ähnlich hatte sich Canaris geäußert. Aber soweit war es ja noch nicht, und ob es dazu überhaupt kommen würde, das stand noch in den Sternen oder wie Valter manchmal sagte: <Der Drops ist noch nicht gelutscht.>Durch die Kopfhörer der JU kam die Mitteilung: „Zielkoordinaten in 5 Minuten erreicht, fertigmachen zum Abstieg aus Höhe 4500 auf 100". Es erfolgte nun ein gnadenloses Ab-

tauchen der Maschine auf Absprunghöhe. Gunvald
sagte nur: <Das ist ja wie im freien Fall>. Als der
Pilot die JU 52 auf Sprunghöhe abgefangen hatte,
kam aus der Flugzeugkanzel das Kommando:
>Fertigmachen zum Absprung, Karabiner ein-
haken<. <Rot / Weiß Beleuchtung am Boden, Höhe
90 Meter, rotes Licht, grünes Licht, 3-2-1 Absprung
-viel Erfolg und gute Reise<. Der hat gut reden,
dachte Gunvald, als er aus dem Flugzeug sprang,
aber auf seinem Feldflugplatz ist er ja auch noch
nicht, gab dem Absetzer den Kopfhörer zurück und
sprang in die Dunkelheit.

Sprunghöhe 90

Neunzig Meter sind das äußerste, was man als Fallschirmspringer riskieren sollte, die Chance, dass der
russische Schirm sich nicht öffnete, war nicht un-
bedeutend. Der eisige Luftzug, der uns schneidend
entgegenschlug als wir die JU 52 verlassen hatten
wurde unmittelbar durch ein lautes „Flapp" unterbrochen. Das war unser Zeichen für, alles in
Ordnung, der Schirm hat sich geöffnet, auf die
Landung vorbereiten. Es ging rasend schnell, ich
hatte das Gefühl, als sei ich nur von einem Drei-
meterbrett im Schwimmbad gesprungen erzählte
Gunvald. Beine nach vorn, Fallschirmjägerrolle
vorwärts, aufrappeln, Schirm umlaufen. Der Schnee
knirschte lauft unter seinen Springerstiefeln, die
Luft war eisig. Die Landung war gelungen, auch
für Valter. Das mitgeführte Motorrad blieb intakt,
wie wir feststellen konnten und wichtiger, die
Knochen waren heile geblieben.
„хорошо, что ты здесь" (schön das ihr da seid)
:wurden wir kurze Zeit später auf Russisch
empfangen, von unseren neuen Kameraden und wir
wurden nach russischer Sitte umarmt. Unsere
russischen Mitstreiter machten einen

sympathischen Eindruck, in einer deutschen Wehrmachtsuniform wären sie wohl von uns nicht zu unterscheiden gewesen. Die Beiden waren groß gewachsen und machten einen professionellen Eindruck auf uns, den sie auch am kommenden Morgen zu bestätigen wussten.

Es war empfindlich kalt geworden, alles war tief verschneit und die neuen Kameraden rafften schnell unsere Schirme zusammen, machten unsere „Molotow M72" startklar und Arkadi sagte knapp: <Fahrt nur hinter uns her, das reicht schon und kein Licht einschalten an der Maschine.> Wir fuhren hinter den Beiden her, es wurde eine Höllenfahrt zu Wiktors Datsche.

Durch den von dem vorausfahrenden Motorrad aufgewirbelten Schnee sahen wir so gut wie nichts, die ausgeschaltete   Beleuchtung tat noch ihr Übriges. Die Datsche lag unweit unserer Absprungstelle, dort hatte Arkadi dann unsere Motorräder gut getarnt abgestellt. Das Haus lag schön gelegen an einem See und Wiktor hatte es von seinem durch Stalin ermordeten Vater geerbt, wie wir später erfahren konnten. Das war ein Teil der Legende, die wir vor Beginn des Kommandounternehmens beiläufig im Gespräch erfragen sollten.

Canaris ist einfach ein Fuchs, dachte Valter, als er von Arkadi die dazu passende Information bekam. Die Lage war auch sehr abgelegen, wie wir später feststellen konnten, sie gab einen weiträumigen Blick über den See und die sich anschließende tief verschneite Winterlandschaft frei. Die Behausung war aus ganzen, behauenen Baumstämmen gebaut, im Verlaufe der Jahre hatten diese eine schwarz-braune Patina angenommen, wie das bei nordischem Holz üblich ist; und es sah recht dekorativ aus, man stellte das schnell fest, wenn man sich ein wenig Zeit zu seiner Betrachtung ließ.

Wiktors Vater war einer der vielen stalinistischen Säuberungsaktionen zum Opfer gefallen. Wiktor vermutete, weil er mit Generalmajor Otto Hasse, von der deutschen Wehrmacht, befreundet war. Hasse war Chef des deutschen Truppenamtes zum Ende der zwanziger Jahre und oftmals zu Ver-handlungen im Moskau gewesen war, wie Wiktor zu berichten wusste. Wiktor unterstellte dem „Generalissimus" Paranoia, was auch wohl zutraf, nicht nur in seinem Fall. Unsere Motorradfahrt hatte etwa eine halbe Stunde gedauert. Als wir an der Hütte eintrafen, knisterte im offenen Kamin schnell das Feuer, das von Arkadi entzündet worden war. Die russischen Kameraden zogen aus dem Schneehaufen draußen vor der Datschentür Stolichnaya Wodka und wir setzten uns dann zu viert an das wärmende und knisternde Herdfeuer, was uns äußerlich wärmte. Wärme die von innen kam, bestand aus dem eiskaltem Wodka „Stolichnaya" und „Papyrossi", einer der russischen Zigaretten, deren langes, zur Hälfte hohles Papiermundstück aus Zeitungspapier der Prawda gedreht und in der Mitte zusammengedrückt wurde. <Valter, das reist Löcher in die Lunge> :konnte Gunvald nur noch hustend sagen. Arkadi und Wiktor wischten sich vor Lachen die Tränen aus den Augen. Arkadi ging und holte aus dem kleinen Vorratsraum getrockneten Fisch, es gab Sachari trockenes russisches Brot und etwas Butter dazu. Wir wurden satt, lachten, tranken und rauchten „Papyrossi". Im Verlauf der weiteren Unterhaltung erfuhren wir dann beiläufig durch Wiktor, das Arkadi anlässlich einer Säuberungsaktion bei der GPU, so hieß in der Vergangenheit der NKWD, sein Leben gerettet hatte. Er hatte Wiktor unbemerkt von einer Todesliste des „Generalissimus" streichen können. Valter guckte Gunvald nur erstaunt an, der aber dachte nur: <Es

ist überall das Gleiche> und schüttelte nur den Kopf. Nach einiger Zeit, die im Wesentlichen durch Unterhaltungen über ihre Heimat geprägt war, legten sie sich zur Ruhe. <Schlaft euch aus, ihr habt noch drei Stunden, wenn es denn geht, um 08:00 beginnen wir dann unsere Arbeit> :sagte Arkadi und lächelte, <außerdem ist es früher nicht richtig hell und ein Sprachkurs in Russisch ist nicht not-wendig, wie wir ja feststellen konnten.>

Vorbereitungen für die Kommando-aktion „Snöulv"

Als wir aufwachten, roch es nach aufgebrühtem Malzkaffee und Räucherfisch vor Vortag, es war ein Geruch nach Frühstück, der sich mit dem aus dem leichten Dunst aus dem Kanonenofen und dem Geruch der Militärklamotten mischte. Arkadi hatte für das Frühstück gesorgt und unsere frühe Weckzeit bestimmt. Während unseres Frühstücks am Morgen, gegen neun Uhr dämmerte es noch, das Wetter erweckte den Anschein, als wolle es heute nicht richtig hell werden. Es war empfindlich kalt geworden, alles war tief eingefroren und die Temperaturen lagen so um -25 bis -28°. > Dass es so kalt war, habe ich gestern kaum bemerkt< :meinte Valter zu Wiktor, der lächelte. <Konntest du auch nicht, es ist in der Nacht mindestens 15° kälter geworden und hat leicht geschneit<, meinte Arkadi. <Es ist so wie immer, Arkascha beantwortet meine Fragen.> :meinte Wiktor grinsend, <aber das ist zutreffend.> Zum Frühstück gab es schwarzen Kaffee, der aus geröstetem Getreide gekocht wurde, es war „Muckefuck" wie bei der Wehrmacht, wenn man denn Frühstück bekam und die Reste vom Vortag.

Nachdem Frühstück zogen wir dann unsere NKWD - Uniformen an, Valter befestigte das Pistolenholster für seine Makarov am Gürtel, leerte zur Hälfte die Patronen aus der Patronentasche und steckte statt dessen seien Schalldämpfer hinzu. Gunvald tat es ihm nach und sah Valter an und meinte, <Kommen wir wohl so durch die Kontrollen, sofern wir auf welche treffen?> Seine stechenden blauen Augen wirkten unter der blauroten Offiziersmütze des NKWD mehr als bedrohlich, überheblich und arrogant. Mit seinen hochglänzenden Offiziersstiefeln, den steifen Epauletten und dem eng geschnittenen Unformrock eines Hauptmanns des russischen Geheimdienstes, sah mehr als echt aus. >Das wirkt schon bedrohlich>, meinte Valter. >Ich bin ein russischer Offizier des NKWD, das muss so aussehen. Lass mal sehen, was du so trägst<, sagte Gunvald zu Valter und nickte nur, <Alles in Ordnung.> Anschließend wurden uns durch Arkadi gefälschte Militärpapiere ausgehändigt und wir wurden genauestens über mögliche Kontrollstellen von Streckenposten auf der Straße instruiert, die Arkadi zwar nicht befürchtete -aber man konnte ja nie wissen. Aus Gunvald wurde Hauptmann Boris Tschernenkow und

Valter wurde zu Soldat Igor Shiroff vom NKWD.
Der Einsatzpunkt für das Kommandounternehmen
lag etwa 8 Kilometer entfernt an der unterirdischen
Metrolinie Kunzewo - Kreml. Das Kartenmaterial,
was Wiktor beibrachte, war exzellent und für unsere
Zwecke sehr gut zu verwenden. Einsatzzeit 12:00,
Valter und ich mussten gegen 11:30 am Einsatzort
sein, so erzählte Gunvald später seinem Sohn Marc.
Das sei wohl hinzukriegen meint Arkadi, Zeit
genug hätten wir ja.
>Zeigt mal euere NKWD - Uniformen> :sagte
Wiktor. Wir öffneten unsere Motorrad - Kombis
und was Wiktor da sah, verursachte einen Lach-
krampf bei ihm. >Damit würde ich euch sofort erschießen lassen, jeder hat von euch einen Militär-
verdienstorden, der schon lange nicht mehr ge-
tragen wird>, sagte er lachend, > auch
euere M72 schauen wir uns besser noch an>, meinte
er dann und ging mit uns vor die Datschentür,
staunte nicht schlecht. <Das gleiche Dilemma, die
taktischen Zeichen mehr als veraltet, sie sind noch
von unserem Vorgängerdienst der GPU,> :sagte
Wiktor nachdenklich und entfernte unsere fehler-
haften Dekorierungen, <man könnte meinen, man
will euch hier nicht überleben lassen.>

Die taktischen Zeichen wurden von seinem Freund
und Kameraden Arkadi schnell an
den NKWD angepasst. <Nun passt alles und auch
mit der Sprache klappt es, > kam von ihm abschließend, <akzentfrei, gut gelernt.>

Aufschrift „табун"

Wiktor fuhr mit mir und Valter, der unsere „Molotow M72" steuern sollte, zur Attentats- umgebung, zeigte uns die Metrostrecke Kunzewo - Kreml und deren gut gesicherten Lüftungsschächte. Streckenposten vom NKWD kämen einmal am Tag vorbei zu Kontrollmaßnahmen. Er habe deren Kontrolllisten einsehen können, heute am Morgen um 10:15 wären die täglichen Besichtigungen schon geschehen. Wir hätten also keine Behinderungen durch russische Armeeangehörige zu erwarten, das war ja auch schon mal was. Wiktor sagte nur, <Was ihr vorhabt, will ich gar nicht wissen, hoffentlich gelingt es, wenn ihr aber Hilfe braucht, lasst es mich sofort wissen>. < Das passt schon, > meinte Valter knapp, <die Zwischenräume zu den Schächten sind groß genug für unseren Garten- schlauch, von dem wir aber wohl 15 m nicht be- nötigen werden, den werden wir vorher abtrennen und vernichten.> Anschließend fuhren wir weiter zu unserer Abflugstelle, 17:00 war als letzte Zeit- grenze eingeplant, kamen wir verspätet, müssten wir dann alleine klarkommen. Walter Schellenberg hatte nur gesagt: <Wenn der Bus weg ist, ist er

weg, das wird dann euer Problem sein.> Hoffentlich nicht dachte Gunvald. So gegen 11:00 war es hell, man hatte aber das Gefühl, dämmerte es schon wieder leicht, wir zogen eilig unsere russischen Motorrad-Kombis über, kontrollierten die Ausrüstung, es war alles perfekt. Das Krad funktionierte und unser Wintertarnnetz für das Motorrad war von Wiktor auch als geeignet bewertet worden. Der mitgeführte Gartenschlauch wurde von Valter auf 5 m verkürzt, dann erfolgte eine Funktionsprüfung der MPs, deren Trommelmagazine nur mit 65 Schuss munitioniert wurden, um eine Ladehemmung mit Sicherheit zu vermeiden.

Auch die Ersatztrommeln wurden entsprechend geladen und auch das auf dem Dreibein des Beiwagens der M72 montierte MG schien wohl fehlerfrei zu sein. Dann wurde der mitgelieferte Behälter aus seiner Verpackung gezogen. Es war eine tiefrote Druckflasche, man hätte meinen können, wir seien zum Tauchen verabredet, meine Arkadi. Wenn da nicht die gelbe Aufschrift in kyrillischen Buchstaben wäre, die Tabun bedeutete. > Dieserart Flaschen habe ich schon gesehen<, meinte Wiktor, >die stammen aus unseren russischen Armeebeständen und sind in Saratow produziert worden, gar nicht so dumm.< Valter prüfte das Kleinfunkgerät, schloss die Batterien an und drückte auf die Taste Probe, eine rote Lampe leuchtete am Gerät auf. Er sagte nur: >Funktioniert, was will man mehr<, >es kann dann losgehen<. Wiktor ging noch eilig in die Datsche, kam schnell mit einer halben Flasche Wodka zurück und sagte: <Nach euerem Marschbefehl fahrt ihr zur Verleihung des „Großen Kriegsorden Erster Klasse" in den Kreml, da seid ihr in der Einheit mit einem Wodka verabschiedet worden, einen kleinen Schluck trinken, mit einem großen den Mund ausspülen, den Rest auf der Kleidung verteilen, sonst riecht ihr nicht wie Russen die den Kriegsorden verleihen bekommen.> Wir bedankten und verabschiedeten uns von Arkadi und Wiktor, >Bis dann, um fünf am Bus.<, meinte Arkadi nur und grinste. >Wir sehen uns.< :sagte Wiktor und Valter trat bei der M72 entschlossen auf den Kickstarter, die direkt ansprang und mit der wir dann laut knatternd losfuhren.

Der Anschlag 14:00

Die Molotow M72 donnerte durch den Schnee, unsere Operation „Snöulv" war in die wohl entscheidende Phase eingetreten. Wir trugen unter der Motorrad - Kombi unsere NKWD Uniformen, das war zwar anfänglich warm, aber Wiktor meinte dazu nur, das wäre hier üblich und hielt uns warm, kalt würden wir von alleine und wir sollten auch die Uniformmützen nicht vergessen. Denn bei einer Kontrolle, die hoffentlich nicht stattfinden würde, seien diese von uns sofort aufzusetzen und auch unaufgefordert der Marschbefehl nach Moskau vorzuweisen. <Wir sehen uns dann, kurz vor fünf Uhr>, meinte Valter nur und nickte den Beiden freundlich zu und drehte den Gasgriff auf, wir schlidderten langsam vom Hof der Datsche. Auf der Landstraße an gekommen, gab er richtig Gas und rief zu mir in den Beiwagen: <Wir wollen schließlich nicht auffallen, hoffe ich doch.< Es war bitterkalt und der schneidende Fahrtwind verstärkte die ohnehin schon nicht geringe Kälte um ein Vielfaches. Die vom Hinterrad der M72 aufgewirbelten Schnee- und Eisstückchen fegten wie eine Staubfahne aus Eiseskälte uns hinterher. Wir fuhren durch eine tief ver-

schneite Winterlandschaft, man konnte denken, es
sei eine Ansichtskarte, in der wir uns mit
der M72 vorwärts bewegten. In der Ferne sahen wir
dann die Strecke der Metro und deren Belüftungs-
schächte -wir waren an unserem Einsatzort angekommen. Das mit der russischen Winter-
Tarnung versehene M72 Motorrad wurde eilige,
kaum erkennbar, in der Nähe eines der Belüftungs-
schächte abgestellt. Die Fußspuren im in der vergangenen Nacht gefallen Schnee der bewaffneten
Metro - Inspekteure deuteten darauf hin, dass sie
am Vormittag schon ihren Kontrollgang erledigt
hatten -wenn sie denn kamen, kamen sie zu zweit;
das war gut zu wissen. Valter setzt kurz entschlossen das Kleinfunkgerät zusammen, machte
eine Prüfung, das grüne Licht wurde angeschaltet.
Die Antwort vom Feldflugplatz Vazma kam
prompt, drei rote Blinkzeichen. > Kommandounternehmen „Snöulv" läuft also.< :sagte er und ver-
staute das Gerät im Beiwagen unserer „Molotow".
Die Tabun - Druckflasche wurde an den Schlauch
angeschlossen und das Schlauchende wurde so weit
wie möglich in die Belüftungsanlage der Metro ge-
schoben. >Vorsichtig Gunvald, wir wollen nicht mit
drauf gehen.<, meinte Valter spöttisch.Auf dem

deutschen Feldflugplatz in Vazma starteten fünfzehn zweimotorige Bomber de Typs He-111 in
Richtung Kunzewo. Nach etwa dreißig Minuten
drehte ich dann unsere russische Tabun -
Flasche auf, flutete „Stalins" unterirdische Metro-
strecke Kunzewo - Kreml mit deren
eigenem Kampfgas „Tabun", aus Beständen des
Herstellers in Saratow, berichtete Gunvald seinem
Sohn Marc und setzte dann nachdenklich seine
Schilderung fort; und in der Ferne war dann das
explodieren der deutschen Fliegerbomben zu hören,
alles schien wie geplant abzulaufen. Prüfend betrachteten wir beide die Umgebung der Metro -
Strecke, es waren keine besorgniserregenden Dinge
festzustellen. Valter startete unsere Molotow und
wir verließen dann ohne Eile den Ort der
Kommandoaktion Metrostrecke Kunzewo - Kreml.

Kontrollposten

Gunvald wischte sich, trotz des recht eisigen
Fahrtwindes, der die Minustemperaturen des
heutigen Tages noch beträchtlich erhöhte, Schweiß
aus dem Nacken und lockerte seinen Kampfdolch,
den er verborgen unter dem Uniformärmel des
linken Unterarmes trug. Sie beide waren sich
darüber im Klaren, lebend durfte keiner in russische
Hände fallen. Für den Fall aller Fälle hatte jeder von
der Abwehr eine Zyankalikapsel mit bekommen, die
man nur zerbeißen musste, um seinem Leben ein
Ende zu setzen. Nur zerbeißen hatte Canaris gesagt,
aber soweit war es noch nicht und große Aufent-
halte sollten sie sich besser nicht erlauben, wenn sie
pünktlich am Bus sein wollten, wie Walter
Schellenberg immer zu sagen pflegte.
Als Valter dann mit unserer „ Motozikl M72" um
eine unübersichtliche Kurve auf der Landstraße
nach Swenigorod bog, sah er in etwa 150 m Entfernung auf der Straße helle Scheinwerfer und ein
Armeesoldat forderte mit einer roten Kelle zum An-
halten auf. Ein russischer Offizier lehnte an
seinem EMKA - GAZ-61, das Verdeck war
heruntergeklappt und rauchte gerade gelassen eine

Papyrossi. Vom Wagendach ging wohl eine
Antenne in den Baum neben der Straße, sie hatten
also Funkverkehr mit ihrer Einsatzzentrale schaltete
Gunvald fieberhaft. Valter fuhr langsam an das
russische EMKA heran, der befehlshabende
Offizier, ein Leutnant, gab nun mit erhobener Hand
das Zeichen, um anzuhalten. Er trat zwei Schritte
nach vorne und brüllte laut, < Motor abstellen,
Motor aus.> und das Motorgeräusch der M72 er-
starb blubbernd. Eine Böe eisigen Januarwindes
blies den gestrig gefallenen Schnee über die Landstraße, Gunvald hatte das Gefühl es wäre noch
eisiger geworden und die Luft roch nach viel mehr
Schnee. Valter und ich zogen unsere Marschbefehle
hervor, setzten unsere Uniformmützen auf, öffneten
die Motorrad - Kombis und stiegen von der M72 ab.
Unsere, darunter nun erkennbare NKWD -
Uniform und der vorgelegte Marschbefehl zur
Ordensverleihung in den Kreml tat sein Übriges.
Der Leutnant wollte uns sofort durchwinken und
sagte noch, er hätte die Funkanlage schon abgebaut
und sich auch bei der Zentrale schon abgemeldet, er
wünsche uns noch eine schöne Feier anlässlich der
Ordensverleihung. Es war also alles geklärt, aber
was war, wenn sie nach unserer Weiterfahrt ihr

Funkgerät wieder in Betrieb nehmen würden, dachte ich bei mir, so berichtete später Gunvald seinem Sohn Marc. Valter und Gunvald nahmen schnell Augenkontakt auf und nickten sich imaginär, ohne eine Miene zu verziehen zu.

< Erledigen Sie ihre Arbeit ordentlich und befehls-entsprechend> herrschte ich ihn an <ihre Funk-antenne ist noch ausgelegt, da wird das doch nicht so schwer sein, Befehle zu erfüllen und Dienst-schluss ist im „Großen Vaterländischen Krieg" wohl kaum vorgesehen.> :brüllte ich ihn an. Er warf eiligst seine Zigarette in den Schnee und nahm Haltung an, hatte auch wohl erkannt, bei mir handelte es sich um einen NKWD - Hauptmann, mit dem wohl nicht zu spaßen war. >Selbstver-ständlich, Herr Hauptmann<, kam es nun von ihm zackig zurück und er knallte seine Hacken zu-sammen. Wir gingen hinüber zum EMKA, ich ging beton langsam mit ihm zu seinem GAZ-61 hinüber. Er steckte dann seinen Kopf unter das Tuchverdeck des EMKA, um sein Funkgerät einzuschalten und nach dem Mikrofone zu greifen, ich stand direkt hinter ihm und hörte noch das dumpfes „plopp" des Schalldämpfers von Valters Makarov und in diesem Moment stieß ich dem Leutnant mein Kampfmesser

von rückwärts ins Herz, er fiel um als habe ihn ein Blitz getroffen, ohne einen Laut. Valter stand augenblicklich neben mir und zielte auf den Kopf des Toten, >Lass es, das lohnt nicht mehr und wird nur eine große Sauerei.< sagte ich schroff.

Er nickte nur und sah mich mit bleichem Gesicht an, -es ist die Kälte, dachte ich und täuschte mich hiermit wohl. Wir blickten kurz in das EMKA, das Funkgerät war noch nicht eingeschaltet und die letzten Angaben des Leutnants schienen zuzutreffen. Dem Soldaten hatte Valters Schuss zwischen die Augen die halbe hintere Schädeldecke weggerissen. Überall waren Blut- und Spritzer seiner Gehirnmasse im Schnee verteilt. Der Leutnant, wenn man ihn so ansah, machte einen total überraschten letzten Gesichtsausdruck. Valter griff in die Brusttasche des Leutnants und zog dessen Marschbefehl und Erkennungskarte hervor, „NKGB" sagte er nur und pfiff leise.
Leutnant Kirilow und
Soldat Golovski vom Volkskommissariat für Staatssicherheit, dem NKGB und wurden angefordert von der Leibgarde des „Generalissimus" durch General Nikolai Lasik, dem Befehlshaber der Leibwache „Stalins", zu Großraumkontrollen rund um Moskau. Ausgestellt vor etwa sechs Wochen, von „Stalin" persönlich unterzeichnet. Das war in etwa kurz nach dem Zeitpunkt, als man sich in Rastenburg für die Operation „Snöulv" entschieden hatte und in der Abwehr und im RSHA an

entsprechenden Planungen gearbeitet wurde. >Das riecht förmlich nach Verrat>, meinte Valter, als er die Datierungen sah, und er nahm alle Papiere der Toten an sich. Wir legten die beiden toten Russen vom „ NKGB" in das EMKA, auf die hintere Sitzbank, entfernten die Antenne, die zum Funkgerät führte und reinigten den Schnee vom gröbsten Blut der Toten, so gut es auf die Schnelle eben ging. Ein süßlicher Geruch nach Blut und Gehirnresten hing über diesem Platz, ein einfach abscheulicher Geruch. Mit dem am EMKA seitlich auf der Tür befindlichen Spaten schaufelten wir Schnee über die Blutlache Golovskis, da es fror, waren die Lache schnell verschwunden. Das EMKA - GAZ-61 fuhren wir tiefer in den Kiefernwald und tarnten es dann mit einer mitgeführten Winter - Tarnplane. Die Gegend um die Rubljowo - Uspenskoje - Chaussee war hier recht abgelegen, wir hatten trotzdem großes Glück nicht noch auf weitere Patrouillen zu stoßen. Nun eilte es wohl, um pünktlich zum Bus zu kommen, meinte Valter und trat die M72 an und wir fuhren knatternd und eine lange Schneefahne aus aufgewirbeltem Schnee hinter uns herziehend zu unserer Aufnahmestelle. Von der Kälte spürte ich so gut wie nichts mehr,

trotz bei nun fast -30° und Arkadi und Wiktor
warteten sicher schon ungeduldig. Valter sagte nur:
<Die Beiden warten sicher schon mit warmen Tee
oder kaltem Wodka auf uns.> und lachte.

Abflug nach Vazma

Es begann zu dunkeln und mittlerweile war es schon Halbdrei geworden, wir fuhren mit der „Motozikl M72" die Uspenskoje - Chaussee in Richtung Westen. Kurz vor drei Uhr waren wir an der Aufnahmestelle angelangt, schauten über eine weiße weite Fläche auf der unser „Fieseler Storch" (Fi156) uns und unsere russischen Kameraden aufnehmen sollte. Der Fi-156 ist ein langsam fliegendes Kurierflugzeug, dass zu Personentransporten regelmäßig von der Luftwaffe verwandt wurde; etwa 50 m Start und Landebahn waren für ihn ausreichend und hatte eine Reisegeschwindigkeit von rund 180 kmh. Der Landeplatz war ausreichend lang, wenn der „Storch" denn wie verabredet ankam. Von Arkadi und Viktor war weit und breit nicht zu sehen. Mit der M72 fuhren wir in ein am Rande unserer Landebahn gelegenes Gehölz, stellten das Motorrad ab, tarnten es und nahmen mir dem Feldflugplatz Vazma Kontakt auf. Schnell kam das Zeichen dreimal grün blinkte das Kleinfunkgerät und wir wussten nun in etwa 45 Minuten werden wir aufgesammelt. Es verging einige Zeit und wir warteten auf den „Storch" und unsere neuen

Kameraden, Wiktor und Arkadi. Die nach kurzer Zeit mit weißen Tarnhemden übergeworfen und bis an die Zähne bewaffnet, am Rande des Kiefernwäldchens, auf uns zu traten. <Geht in Deckung, bis vor einer halben Stunde wimmelte es hier noch vom „NKGB", ich denke, unsere Aktion ist verraten worden> :sagte Arkadi zu Gunvald. >Ist auch mein Eindruck< kam zurück <und wir können es auch beweisen, denke ich. Aber alles später, wenn wir in Vazma sind, der Flug ist schon bestätigt, noch 45 Minuten bis zum Abflug, kurz vor Moskau.> Wiktor reichte uns wortlos zwei Wintertarnhemden, die wir umgehend überzogen. Valter holte aus unserer M72 die MG Munition und baute das „Degtjarjow - Maschinengewehr RDP" vom Dreibein des „Motozikl" ab, munitionierte es auf und legte sich mit seiner Tarnbekleidung in den Schnee, einwenig abseits unserer Lande- und Startbahn. >Nun verstehe ich, was man mit deutscher Gründlichkeit meint< sagte Arkadi und wies dabei auf Valter und lächelte, <recht hat er, man kann ja nie Wissen.> Zwischenzeitlich legten wir alle Dinge ab, die bei schnellem Laufen uns hinderlich sein könnten. Meine Maschinenpistole PP-sch 41 mit vier Rundmagazinen lag neben mir, das Zyankali hatte ich in meine Uniformbrusttasche gesteckt und vier russische Handgranaten lagen einsatzbereit neben mir im Schnee, erzähle Gunvald seinem Sohn Marc weiter. Es war mittlerweile pechschwarze Nacht geworden, es war sternenklar und in weiter Ferne war das Fluggeräusch eines langsam fliegenden Flugzeugs zu hören. >Der Bus ist in fünf Minuten an der Haltestelle, Landebefeuerung an-zünden und Vorsicht an der Bahnsteigkante, schießt auf alles was sich bewegt, wenn der „Storch" landet, > meinte Wiktor, als ob er geahnt hätte, was uns bevorstand. Arkadi entzündete eilig vier Brand-fackeln, jeweils zwei, in einem Abstand von etwa 90 m und ging bei uns in Deckung. Wir lagen im Schnee und froren schrecklich, es wäre -36° ge-worden hatte Arkadi vor zehn Minuten mitgeteilt; und alles lauschte wartend auf den Flieger. Eisige Schneeböen fegten über den Landeplatz, in den hinter uns wachsenden großen Birken kackte der starke Frost und das hörte sich an, wie in weiter Ferne abgegebene Gewehrschüsse. Unser Lande-platz hatte etwa eine Länge von 500 m, es war wohl ein abgeerntetes Getreidefeld. Eine „Fi156" habe ich schon von einer 40-m-Startbahn bei Gegenwind aufsteigen gesehen, dachte sich Gunvald, die Länge des Flugfeldes passte also mehr als gut.

Aus der Ferne hörte man nun leises Hundegebell, also kein gutes Vorzeichen für ein geglücktes Kommandounternehmen; unsere Verfolger vom „NKGB" waren uns schon auf den Fersen. Dann ertönte das bekannt bedrohliche Fluggeräusch von zwei russischen Jagdflugzeugen. <Scheiße>, sagte Gunvald zu Wiktor der meinte nur, <Ruhe bewahren und abwarten>. Gunvald dachte, der ist ja kälter als seine eisige Umgebung, die ihn hier umgibt, dass beruhigte. Zwei russische „Ratas" donnerten im Tiefflug über ihre Köpfe hinweg. Etwa in zwei Kilometer Entfernung konnte man sie im Erdkampfeinsatz beobachten, sie schossen mit allem, was sie hatten auf eine Freifläche und verursachten ein riesiges Feuerwerk. Arkadi schoss mit seiner Leuchtpistole eine „grüne Leuchtkugel" in den Himmel, alles war sofort taghell beleuchtet und für Valter war es das richtige Büchsenlicht, der verschoss im Nu beide Rundmagazine seiner „Degtjarjow" in die weiter entfernte Dunkelheit. Mittlerweile war der Fi-156 im Landeanflug, setzte auf und stand fast augenblicklich. Die Seitentüren öffneten sich und man hörte nur: „schnell, schnell,

schnell …". Wir liefen los, mit Wiktor und Arkadi traf ich fast gleichzeitig an der Maschine ein und hörte ein dumpfes „Plopp" mit einer nachfolgenden Explosion eines abgeschossenen Granatwerfers, 150 m dem „Storch" voraus -schöne Scheiße. Nur Valter fehlte noch, der stand aufrecht, auf freiem Feld, und schoss, was das Zeug hielt mit seinem „Degtjarjow - MG" auf imaginäre Ziele. Dem Piloten wurde es schon mulmig und er knurrte: <Es geht los> und die Maschine nahm langsam Fahrt auf, Valter warf das MG von sich und hetzte zur Maschine. Mit letzter Kraft erreichte er den „Storch" und machte einen Hechtsprung in die noch offene Seitentür der Fi-156, als der „Storch" schon leicht vom Boden abhob. Valter wurde von Wiktor und mir in die Maschine gerissen und wir befanden uns in der Luft. <Schwein gehabt> war Valters Kommentar. Die „Ratas" donnerten erneut über unsere Köpfe und bestrichen mit ihren Bord-waffen den rechten Rand unseres Startbereiches mit Leuchtspurmunition, flogen einen Looping und legten nach. Wir vier saßen allesamt auf unserem Hosenboden, man hatte alle Sitzgelegenheiten aus dem „Storch" ausgebaut, um auch wirklich alle Kommandosoldaten von uns aufnehmen zu können.

Valter meinte nur: < Hier ist ausreichend Platz; oder meinte man in Rastenburg wir bringen noch Gefangene oder unser Motorrad mit zurück? > Die Antwort kam prompt, alles lachte, es war ein befreiendes Lachen, denn man war heil aus dieser Sache herausgekommen.

Der Feldflugplatz Vazma war schnell erreicht und die unsere „Ratas" mit den russischen Hoheitszeichen und dem Luftwaffenpersonal der „Fremde Heere Ost" wackelten mit den Flügeln und meldeten sich über Funk ab und landeten. Wir schwebten langsam hinter ihnen ein und das erinnerte doch schon etwas an eine Busfahrt, die in Berlin oder Hamburg auch manchmal nicht ganz ohne war, in Kriegszeiten mit fallenden englischen Fliegerbomben.

Der Verdacht

Unser Vogel landete und wir wurden am Flugzeug von Reinhard Gehlen, dem Leiter des Nachrichtendienstes „Abteilung Fremde Heere Ost" (Oberstleutnant i. G.) schon ungeduldig am Rande des Flugfeldes erwartet. Wir grüßten zackig und hörten von ihm nur, <Das ist mir nicht so wichtig, wir sehen uns in einer Stunde im Kartenraum. Erwarte ihren Bericht.> Von der Flugplatzordonnanz bekamen wir eine Unterkunft und die Möglichkeit uns landfein zu machen zugewiesen. Ein Raum für vier Soldaten, es geht eben meistens beengt zu auf einem Feldflugplatz. Für vier Kameraden, die gerade erst gemeinsam dem Tod entronnen sind, spielt das aber so gut wie keine entscheidende Rolle mehr.
Valter sagte in der Unterkunft nur: <Der macht auf mich den Eindruck eines Bürokraten, hoffentlich täusche ich mich.> >Wir werden sehen<:antwortete ich und verschwand unter die warme Dusche und begab mich anschließend aufgewärmt, denn es war draußen immer noch lausig kalt, knapp um -40°, in den Kartenraum des Befehlsstandes. Arkadi, Wiktor und Valter waren schon dort eingetroffen. Nach seiner persönlichen Vorstellung sagte er, <Ich bin

Herr Gehlen für Sie und den Oberstleutnant könnten wir uns ersparen und im Übrigen hat mich der Führer persönlich hierzu beauftragt.> Er wäre nun gespannt, vom Erfolg oder auch Misserfolg der Kommandounternehmung durch uns zu hören. Gehlen ließ jeden von uns seine eigene Sichtweise vortragen und sich diese gegebenenfalls durch Zusatzfragen bis ins Detail erläutern. Unsere Angaben gegenüber dem Leiter des Nachrichtendienstes (FHO) waren annähernd identisch und unterschieden sich nur in Nuancen voneinander. Nur Wiktors und meine Sichtweise, im Hinblick auf einen hochrangigen Verräter in den eigenen Reihen, ließ er sich ausführlich durch uns begründen.

Die von Valter und mir liquidierten Angehörigen der „Roten Armee" Leutnant Kirilow und Soldat Golovski wurden vom Volkskommissariat für Staatssicherheit und durch Stalins Leibgarde, General Nikolai Lasik, dem Kommandanten, zu Großraumkontrollen rund um Moskau befohlen. Ausgestellt war deren Marschbefehl vor etwa sechs Wochen und von „Stalin" persönlich unterzeichnet. Das war in etwa kurz nach dem Zeitpunkt, als man sich in der „Wolfsschanze" die militärischen Planungen für die Operation „Snöulv" aufnahm. >Die Daten alleine sprechen für sich<, das sei unsere einhellige Meinung, hörte der Generaloberst (FHO) von Wiktor und mir und meinte, < dass da etwas stinkt, ist sicher nicht von der Hand zu weisen, ist auch meine Meinung, meinte der Leiter des Nachrichtendienstes (FHO) und schwieg nachdenklich und zog an seiner Zigarette. <Machen Sie sich weiter keine Gedanken darüber, ich werde die Angelegenheit im Auge behalten, ist ja schließlich auch eine meiner Aufgaben. Für Sie ist diese Angelegenheit erst einmal erledigt. In spätestens drei Wochen erhalten wir Nachricht von unseren Verbindungsleuten, die einen Misserfolg ihrer Kommandounternehmung „Snöulv"

mitteilen können. Oder es erfolgt in Kürze eine Sondermeldung im sowjetischen Rundfunk, dann waren Sie erfolgreich. Ich halte Sie aber auf dem Laufenden>, ließ er noch verlauten und wir waren entlassen. In der Offizierskantine hatte Gehlen noch für ein reichhaltiges Abendessen gesorgt, mit passenden Getränken, kein schlechter Zug von ihm. Wir vier saßen lange noch beisammen und berieten über die Operation „Snöulv", unser Radiogerät lief im Hintergrund und war durch uns auf Radio Moskau eingestellt worden. Es erfolgte leider keine Sondermeldung. >Es war vielleicht gar kein Tabun>, meinte Arkadi. >Unwahrscheinlich<, meinte Valter >soweit ich weiß, ist das Gas von unseren Chemikern geprüft worden.> Die Kantinenordonnanz versuchte uns die Sendungen von „Radio Moskau" abzustellen, was aber nicht gelang, da der Kommandant des Feldflugplatzes über uns und Teile der „Operation Snöulv" von Schellenberg grob in Kenntnis gesetzt worden war. Wir unterhielten uns noch lang und kamen zu dem Schluss, den wir am nächstliegenden fanden und am ehesten begründen konnten, Verrat hatte unseren Erfolg verhindert. Arkadi meinte nur: <Vielleicht hat ja auch nur „Stalins Paranoia"

unseren Erfolg verhinderte. „Stalin" soll mehrere Doppelgänger einsetzen, über mindestens drei Dubletten bin ich informiert, nur um sich vor Mordanschlägen zu schützen. Manchmal sei man sich nicht sicher, wer da auf dem „Roten Platz" eine Parade abnimmt, Stalin oder eines seiner Duplikate, sinnierte Arkadi. Vom NKWD wurden die Strohmänner „Geister des Stählernen genannt".> Dann kam doch noch eine Meldung von „Radio Moskau", die von Interesse für uns war. Es wurde berichtet, dass auf einer Metro-Strecke, in der Nähe des Kreml, ein exorbitanter Unfall zu verzeichnen gewesen wäre. Man berichtete dann von 43 Toten und der Vollsperrung eines Streckenabschnitts für mehrere Monate. Arkadi pfiff nur durch die Zähne. Dann kam noch unser Pilot für den Rückflug Moskau - Vazma zufällig zu uns in das Kasino. Geschätzt wurde er von uns allen für sein fliegerisches Können mit dem Fi-156, für das wir uns bei ihm auch noch herzlich bedankten. Valter sagte nur: <Danke, ohne dich wären wir wohl in Walhalla.> und lächelte. Walter Lärche, Oberleutnant bei „Fremde Heere Ost" der Abwehr, wollte nur kurz zu uns kommen, um sich von uns zu verabschieden -hatte er gedacht. Er blieb länger, denn am kommenden Tag war er, wie wir in Erfahrung gebracht hatten, nicht zum Flugdienst eingeteilt und konnte sich daher ausschlafen. Es wurde eine lange Nacht, mit viel Gelächter, Alkohol, Zigaretten und guter Verpflegung. Kurz vor Ende der Veranstaltung schaute ich in unsere Runde, dachte, Arkadi und Wiktor können das wohl am besten wegstecken; vielleicht ist es deren Härtetraining mit dem russischen „Stolichnaya".

Marschbefehl nach Kiel

Nach dem recht feuchtfröhlichen Abend, der bis in die frühen Morgenstunden andauerte, wachten wir mit einem fürchterlichen Kater auf und wurden sofort aus dem Kasino, in dem wir gemeinsam frühstückten, vom Flugplatzkommandanten einbestellt. Der Raum der Flugleitstelle Vazma war mit fünf Luftwaffenangehörigen voll belegt und die Luft war grau von Zigarettenrauch, alles war untätig. Auf dem Flugfeld sah es nicht besser aus, dort war es nebelig, man konnte seine Hand kaum vor den Augen sehen. Der Kommandant, ein Major, sagte nur: <Sie sehen es ja selbst, es ist kein Wetter für Starts und Landungen.> Per Fernschreiber waren für uns vier Marschbefehle eingegangen, nach Kiel - Holtenau. Gunvald sagte, unterschrieben war der für mich, Wiktor und Arkadi von Admiral Canaris und für Valter Poska von SS - Brigadeführer Walter Schellenberg, dem Leiter des Amtes IV (Ausland/SD). Der Flugplatzkommandant, der uns die Marschbefehle aushändigte, sprach Valter mit Herr Hauptsturmführer und mich mit Herr Major an. Auf meine Bemerkung hin, da könne wohl etwas in der Schreibstube durcheinander-

geraten sein, meinte er nur, <Ihre Beförderungs-
urkunden habe ich noch auszuhändigen, das hat
alles seine Ordnung. Abmarsch morgen, heute ist
kein Flugwetter, die Wolkenuntergrenze liegt
zwischen 50 und 80 Metern. Aber morgen ist auch
noch ein Tag, 07:00 Uhr Abflug nach Kiel mit
Zwischenlandung in Danzig, wenn alles gut geht,
sind Sie um 19:00 Uhr in Holtenau.> Wir verabschiedeten uns, und als wir die Kommandantur
verlassen hatten, meinte Valter, dass man in Berlin
mit unseren Leistungen wohl nicht unzufrieden
sein könnte, ansonsten wären wir wohl nicht befördert worden; dem konnte er, Gunvald, nur bei-
stimmen und nickte.
Es tat gut, einen Tag richtig zur Ruhe zu kommen,
nach den aufreibenden Tagen vor Moskau.
Sechs Uhr war Wecken, durch Arkadi, wir machten
uns auf den Weg ins Kasino zum Frühstück. Das
Flugwetter hatte sich etwas gebessert, es war noch
leichtes Schneetreiben mit Temperaturen so um -
20°. Valter meinte, dass wir heute auch wohl nicht
fliegen würden. Vom Nebentisch antwortete ein
höherer SS - Führer, < Ich denke schon, muss
abends unbedingt in Kiel sein. Die kennen hier nur
italienisches Flugwetter, das wird geregelt.> Zu-

fälligerweise konnten wir das Gespräch zwischen dem Flugplatz - Kommodore und dem SS - Obergruppenführer mit anhören, der zu unseren Nachbarn und Mitreisenden an deren Kantinentisch getreten war. Die Luftwaffe könne keinen Jagdschutz in Nähe der HKL (Hauptkampflinie) bereitstellen, da die Wetterlage sich noch erheblich verschlechtern sollte, so seine Meteorologen. Der SS - Obergruppenführer schaute auf seine Uhr und sagte: <Abflug in einer halben Stunde, ich denke, Sie haben mich verstanden, Drückeberger oder Feiglinge können morgen fliegen, es geht nicht anders, es ist Krieg, da ist der Tod ist nun mal unvermeidbar; und die Furcht vor dem Tod ist daher nur eine reine Zeitverschwendung.> Es schienen seine Lieblingssätze zu sein dachte ich und so ganz falsch waren sie wohl auch nicht.

Wir schütteten eilig den Kaffee in uns hinein, aßen auf die schnelle zwei Schnitten und machten uns reisefertig. Die JU-52 stand schon mit laufenden Motoren vor dem Gebäude der Flugleitstelle. Es war eisig und Schneeflocken peitschten über die Weite des Feldflugplatzes, man hatte den Eindruck es sei noch kälter geworden. Die Sichtweite am Boden schätzte ich auf etwa 150m , also nicht ganz ungefährlich und etwa 15 Personen warteten auf Einlass. Die Kabinentür öffnete sich und wir wurden, mehr oder weniger hastig, vom Kabinenpersonal im Flugzeug untergebracht. In der JU-52 roch es unangenehm nach Treibstoff und einem Duftcocktail aus den Medikamenten des Medizinpersonals. Das Flugzeugheck war von ihnen zu einem Teil mit weißen Tüchern abgetrennt, in unmittelbarer Nähe der hinteren Notausstiege. Hier hatte man in Etagenbetten acht Verwundete untergebracht, die von Sanitätern versorgt wurden. Von den Verwundeten hörte man während der Dauer des Fluges so gut wie nichts, man hatte sie wohl mit Medikamenten ruhig gestellt und schmerzfrei gemacht. Neben mir saß der General der Waffen - SS, den wir schon aus dem Flugplatzkasino vom Frühstück her kannten. Er stellte sich nur mit seinem Vornamen „Jürgen" vor und ich sagte „Gunvald". Ein seltener Vorname bemerkte er und vermutete richtig einen schwedischen Familienhintergrund. Wir kamen schnell ins Gespräch, er kam aus Detmold, also aus der Nähe meines Familienwohnorts Münster. Der Totenkopf an seiner Uniformmütze hielt mich zu außerordentlicher Wachsamkeit an, was aber erst einmal unnötig war, den die dröhnenden Motorengeräusche der drei BMW - Motoren von der „alten Tante JU" übertönten so gut wie alles, auch einen SS - General aus Detmold in Westfalen. Der schrie gegen die dröhnenden Motoren der Junkers an, >Vorausgesetzt wir sind erst mal durch die Wolken, dann ist das Wetter sofort besser, du wirst es sehen Gunvald> und lachte lauthals. Der ist eiskalt dachte ich und unsere Maschine verließ ihre Startposition, rollte auf die vom Schnee geräumte Grasnarbe der Start- und Landebahn und startete direkt in einen durch heftiges Schneetreiben trüben Himmel. Als das Flugzeug genügend Höhe und seine Reisegeschwindigkeit erreicht hatte, konnte man meinen, der Lärm der Motoren habe abgenommen und eine Unterhaltung in Normallautstärke sei nahezu möglich. „Jürgen" war ein angenehmer Gesprächspartner und wir hatten es recht kurzweilig. Man unterhielt sich über die Familien in Westfalen, die Hobbys und natürlich über den Russland-Feldzug. Über unser Kommandounternehmen „Snöulv" schien er gut informiert zu sein, so wie er sagte, denn er wäre auch nach „Holtenau" vom Reichsführer kurzfristig abkommandiert worden.

Das Gespräch plätscherte so dahin und hin und wieder vermittelte er den Eindruck er sie recht skeptisch, was unseren sogenannten „Endsieg" anging. Verwies dann meistens auf Studien und Berichte von Gehlens „FHO", die auch in Rastenburg nicht unbekannt wären, so wie er sagte. Den blitzenden Totenkopf an seiner schwarzen Uniformmütze behielt ich aber in dauerhafter Erinnerung. Nach einiger Zeit fielen mir dann die Augen zu, trotz des Dröhnens, und schlief. Nach etwa drei Flugstunden bekam ich den Ellenbogen des SS Generals in die Rippen und hörte von ihm, <Aufwachen Gunvald, wir landen gleich in Danzig.> <Wir könnten im Flughafen-Kasino etwas Essen und ein Bier trinken oder auch zwei. Ihr seid von mir eingeladen. Zeit ist genug, in der man unsere JU nachtankt und wartet. > :sagte mein neuer Freund „Jürgen" als Arkadi, Wiktor und Valter mit mir die JU-52 ver-   ließen. Meine Kameraden machten Männchen, <So etwas wollen wir doch erst gar nicht anfangen, wir sind doch annähernd gleichaltrig> war „Jürgens" Kommentar dazu und er lachte. Wir gingen gemeinsam in die Richtung des Danziger Flughafen - Kasinos, dabei dachte ich, der General ist nahezu doppelt so alt wie jeder Einzelne von uns, „Schöner Spruch".

Der Gastraum des Danziger Flughafen - Kasinos war gut aufgewärmt und wir hatten durch ein Panoramafenster einen guten Blick auf das Rollfeld des Flugplatzes. Die Tische des Gastraumes waren weiß eingedeckt, es roch nach gutem Essen und leicht nach Zigarettenrauch. Die weißen Tischdecken und die auf den Tischen placierten Gläser machten einen einladenden Eindruck auf ankommende Gäste, zumal wenn diese wie wir aus HKL - Nähe kamen. Auch die Anwesenheit eines Generals an unserem Tisch schien Wunder zu bewirken, denn Oberleutnant oder Hauptmann, das macht wohl keinen wesentlichen Unterschied.

Die Bedienung hatte ihr freundlichstes Lächeln aufgelegt und das Essen und Trinken war fast luxuriös zu nennen, man konnte die Kriegszeiten und die Unbillen des russischen Winters, aus denen wir gerade kamen, fast vergessen. Wir aßen gut, lachten und tranken einige Flaschen Pilsner und die Unterhaltung über Heimat und Krieg plätscherte unbedarft so dahin. Man konnte das woher und wohin beinahe vergessen.

Das Dröhnen der JU-52 Motoren unseres Flugzeuges, vom Vorfeld des Flugplatzes, riss uns mehr oder weniger in die Wirklichkeit zurück. <Es wird wohl Zeit>, meinte „Jürgen", setzte seine Mütze mit dem Totenkopf auf und drängte zum Aufbruch. Der Flieger war voll belegt, die Verwundeten waren in einer Danziger Klinik verblieben und unsere ehemaligen Sitzplätze hatte man sogar für uns reserviert. Der Pilot teilte über die Lautsprecheranlage mit, dass wir eine Parabel über die Ostsee fliegen würden, um möglichen Langstreckenjägern der „Amis und Tommys" auszuweichen. Brisant wäre die Lage wohl erst in der Nähe des Kieler Flugplatzes. Unsere Flugfreigabe sei schon erteilt, und wenn wir nichts dagegen hätten, wolle er nun Danzig verlassen und wenn doch, würde er trotzdem fliegen. Wir schienen einen Scherzbold am Steuerknüppel zu haben. Das Motorgeräusch steigerte sich und die „Tante JU" rollte langsam auf die Startbahn, steigerte sich zu dem allbekannten Dröhnen ihrer Motoren und nach kurzer Zeit waren wir in der Luft und unter uns lag die Ostsee, aschfahl und eintönig grau. Das gute Essen und die Getränke taten ihr Übriges, mir fielen schnell die Augen zu. Zuvor hatte ich mich aber noch mit „Jürgen" zu einem Zug durch die Kieler Gastronomie verabredet, wenn es denn zeitlich irgendwie machbar sei, denn der Russland-Feldzug warte ja nicht, so wie er richtig bemerkte.

Verrat in Rastenburg

Unsere JU-52 landete sicher in Kiel, auf das Flugfeld fuhren zwei schwarze Automobile, die mit
einem SS - Generalsstander versehen waren und
hielten in unmittelbarer Nähe des Flugzeuges. Die
ersten Passagiere, wenn man so will, verließen den
Flieger und begaben sich in die Wartehalle des
Flugplatzes. Unser neuer Freund, „Jürgen", winke
uns heran, sagte nur knapp: <Einsteigen, wir haben
denselben Weg nach Holtenau ins Flotten-
kommando.> In der Marinekaserne angekommen
bekamen wir eine Unterkunft zugewiesen und er-
hielten die Nachricht, Morgen, 09:00 Uhr Besprechungsraum IV, kleiner Lagesaal. Wir waren
mehr als ausgelaugt und legten uns in die
Kasernenbetten, das Fliegen scheint doch sehr zu
ermüden. Unser Kasernentrakt roch unangenehm
nach Bohnerwachs und Reinigungsmitteln, ein
wenig wie München - Stadelheim, der eine oder
andere fühlte sich sicher nicht weit entfernt davon,
trotz Kiel - Holtenau. Der Geruch ließ mich unruhig einschlafen, und noch schlimmer, wie gerädert aufwachen.Nach einem kurzen morgendlichen Kasinobesuch eilten wir in den Be-

sprechungsraum IV. Es war 08:50 Uhr geworden und man könnte meinen, die Crème de la Crème der deutschen Spionageabwehr hätte man heute zu einer Führertagung einberufen. Große Lagekarten mit Markierungen unseres Kommandounternehmens „Snöulv" befanden sich an der Frontwand des Sitzungssaales befestigt und die schon anwesenden Teilnehmer betrachteten die Karteneinträge ausgiebig. Zuletzt, Punkt 09:00 Uhr, betrat Admiral Wilhelm Canaris, Leiter des Amtes Ausland/Abwehr im OKW den „kleinen Lagesaal" und bat Gunvald um einen kurzen Rapport zum Verlauf des Kommandounternehmens „Snöulv". Zuvor teilte er noch mit, dass der Name des Kommandounternehmens nach Norwegen hindeute, in der Hoffnung, Agenten generischer Dienste in die Irre zu führen. >Herr Hauptmann Scholz, nun sind Sie an der Reihe>, sagte Canaris dann abschließend. Es wurde für mich eine recht einfache Sache die Ereignisse unseres Kommandounternehmens darzustellen. Die hauptsächlichen Planungsdaten waren auf der an der Frontwand des Saales aufgehängten Karte durch die aufgetragenen Markierungen zu erkennen. Kurz bevor ich meinen Vortrag beendet haben konnte, unterbrach mich Canaris mit einer

Frage an meine drei Begleiter, ob die von mir geschilderten Geschehnisse des Kommandounternehmens von ihnen genau so oder abweichend gesehen würden. Meine drei Kameraden nickten knapp, also erledigt. Abschließen nahm ich dann Bezug auf die durch uns aufgefundenen Dokumente der beiden liquidierten Angehörigen der „Roten Armee". Leutnant Kirilow sowie Soldat Golovski wurden vom Volkskommissariat für Staatssicherheit „NKGB" und durch den Oberbefehlshaber der Leibgarde Stalins, General Nikolai Lasik, zu Großraumkontrollen rund um Moskau befohlen. Alle Dokumente waren persönlich durch den „Generalissimus Stalin" unterzeichnet. An den Datierungen der Dokumente wird ersichtlich, dass ihr Ausstellungsdatum, kurz, das heißt, fünf Tage nach dem Beginn der militärischen Planungen der Operation „Snöulv" durch „Rastenburg" liegt. <Die Daten sprechen für sich, denke ich.> :konnte ich mir abschließend nicht verkneifen. < Dass da etwas stinkt, ist sicher nicht von der Hand zu weisen meine Herren, ist auch meine Meinung> sagte Admiral Canaris in die illustere Runde schwieg nachdenklich und sog an seiner Pfeife. Wir,

Arkadi, Viktor, Valter und ich, waren erst einmal entlassen.

Elin fragte Marc interessiert, als der am Ende seiner Ausführungen angelangt war, ob Gunvald oder ihr Vater den vermutlich hochrangigen Verräter hätten denn enttarnen können. Marc sagte, dass alle Beteiligten nach dem Kriege Biografien geschrieben hätten und jeder von ihnen danach eine andere Person für den Verräter in der Wolfsschanze hielt. Marc meinte nur, dass sein Vater ihm mitgeteilt habe, der Führer habe Canaris für den Verräter gehalten; und er ließ ihn nach dem 20.Juli 1944, dem Attentat von Graf v. Stauffenberg verhaften, weil er sich nicht schützen konnte oder wollte und kurz vor Kriegsende im KZ - Flossenbürg durch den Strang hinrichten. In Flossenbürg war Canaris als „persönlicher Gefangener des Führers" untergebracht. Nachdem die Gestapo dessen Tagebuch gefunden hatte und seine Mitarbeit im Widerstand offensichtlich geworden war. General Reinhard Gehlen, Leiter der Abwehr Fremde Heere Ost (FHO),
hielt Bormann aus eigenen Karrieregründen für den Verräter, denn er wollte Stellvertreter des Führers werden, was Martin Bormann aber nie wurde. Gehlen unterstellte bis weit nach dem Krieg Bormanns Überleben in der UdSSR. Was aber nicht zutraf, denn heute liegen DNA Analysen vor, aus

denen zweifelsfrei bewiesen ist, dass Martin Bormann (Reichsleiter der NSDAP) am 01. Mai 1945 nach Hitlers Selbstmord, mit SS - Obersturmbannführer Ludwig Stumpfegger und anderen ehemaligen Bewohnern des Führerbunkers, einen Durchbruch aus dem stark umkämpften Berliner Stadtzentrum versuchten. Sie seien zeitweise zu Fuß in einer Gruppe von Tigerpanzern mitmarschiert, und hätten auch noch die Explosion eines in ihrer Nähe befindlichen Panzers, durch russische PAK - Beschuss, überlebt. Bormann und Stumpfegger begingen dann gemeinsam in der Nacht zum 2. Mai 1945 durch Giftkapseln Selbstmord. Richtig lag nur SS - Brigadeführer Walter Schellenberg, Leiter der „Geheimen Dienste SD und Abwehr im RSHA", mit seiner Vermutung Heinrich Müller, Chef der Geheimen Staatspolizei, als der russische Topspion im engen Umkreis des Führers. Nachweislich eines CIA - Berichts gebe es deutliche Hinweise, dass Müller mit der sowjetischen Seite kooperierte. In diesem Report berichteten Überläufer aus dem Ostblock, SS-Gruppenführer Müller sei nach Kriegsende verhaftet und in die UdSSR verbracht worden.

Canaris , Gehlen und auch Schellenberg waren sich drüber im Klaren, wenn man einen der Verdächtigten öffentlich machen wollte, konnte das tödlich enden -also beließ man es dabei. Von Interesse war auch noch, Heinrich Müller sowie Bormann, verfügten von Amtswegen über die Möglichkeit Funksprüche abzusetzen und auch zu empfangen.

Besuch durch Valter

Die Zeit ging ins Land und der Krieg lief gegen uns, so sagte Valter oftmals zu Gunvald, wenn sie sich denn sahen und ihre Treffen wurden immer seltener. Nach „Snöulv", unserer gemeinsamen Kommandounternehmung, sahen wir uns nur noch einmal in Riga, bei der Heeresgruppe - Nord, berichtete Gunvald seinem Sohn Marc. Valters Einheit, das „Frikorps Danmark", hatte man zwischenzeitlich in das 11. SS - Freiwilligen - Panzergrenadier - Division „Nordland" umbenannt, denn das dänische Freikorps hatte man zu etwa 80 Prozent an der Ostfront verheizt, wie Valter sagte.
Er war zum SS - Obersturmbannführer befördert worden, ansonsten kämpfte er nunmehr nur ums Überleben, als zuvor aus politischer Anschauung. Seine Einstellung war, Schlimmeres vom Deutschen Reich und seinen Volksgenossen abzuwenden, denn wenn es so weiter ginge, wäre der Russe spätestens in ein, zwei Jahren an der deutschen Ostgrenze und dann Gnade uns Gott. Er zeigte mir einen verblichenen, in kyrillischer Schrift abgefassten Handzettel eines Rotarmisten, der im Jahr 1942 gefallen war, den Valter in dessen

Uniformjacke gefunden hatte. Der russische Dramatiker Ilja Ehrenburg war der Verfasser, der schrieb:

„Tötet, tötet! Es gib nichts, was an den Deutschen unschuldig ist, die Lebenden nicht und die Ungeborenen nicht! Folgt der Weisung des Genossen Stalin und zerstampft für immer das faschistische Tier in seiner Höhle. Brecht mit Gewalt den Rassenhochmut der germanischen Frauen. Nehmt sie als rechtmäßige Beute! Tötet, ihr tapferen, nach Berlin vorwärtsstürmenden Rotarmisten ..."

Valter sagte nur: <Hierdurch werden die Soldaten eines riesenhaften Staates dazu aufgefordert, sich als Mörder und Kriegsverbrecher zu betätigen. Das macht mir schon Angst.>

Das, was er zuvor gesehen hatte, zeigte für ihm, dass die russische Soldateska Ilja Ehrenburg nur allzu gut verstanden hatte.

Nachdenklich geworden sagte er: <Wir Deutschen waren auch nicht besser.> Dann erzählte er Gunvald, was er direkt nach Kriegsbeginn mit Russland, in Volkovysk im Juli 1941, vom Wirken der SD - Einsatzgruppen und der Geheimen Feldpolizei (EGr), gesehen hatte. Etwa 50 km hinter HKL wüteten diese Einsatzgruppen, sie

nannten es Partisanenkampf oder auch Bandenbe-
kämpfung. Er war an einer riesigen Grube vorbei-
gekommen, in der Größe von 100 mal 100 m, in der
lagen jüdische Kinder, Frauen und Männer, alle
blutüberströmt, ermordet. Deren Arme, Beine,
Leiber, Köpfe lagen noch verdreht und aufgehäuft,
manche stöhnten noch, da sie noch nicht ganz tot
waren. In etwa einer Entfernung von einem Kilometer, in einer anderen gleichgroßen Grube, hatte
man wohl die Getöteten mit frisch geschlagenem
Birkenholz überdeckt und dann mit Benzin über-
gossen und angezündet. Valter sagte nur, er habe
leider schon viele tote Kameraden und auch Russen
sehen müssen, das war aber ein Bild, das unbegreif-
liches Entsetzen in ihm auslöste. Das war kein
Schlachtfeld, das war eine Mördergrube. Und das
Schlimmste war der Geruch nach verbranntem
Fleisch, in der Hitze des Tages und der Geruch nach
frischem Blut, der weit und breit dunstig in der
Luft hing und ihn bis heute verfolge, manchmal
käme ihm noch heute der Geruch des Grauen in die
Nase. <Letztlich sind wir alle mitschuldig geworden, für das, was hinter der Front von dieser
Mörderbande angestellt wurde, anders kann man
sie nicht nennen.>, sagte er zum Schluss. Wir

tranken noch zusammen das eine oder andere Bier, sprachen über unsere Familien und über die Heimat. Valter und Anneli waren vor einem halben Jahr, auf mein Anraten hin, von Reval nach Münster in Westfalen verzogen. Meine Mutter und Anneli waren schnell gute Freundinnen geworden, man hatte ja auch annähernd die gleichen Probleme und unsere Kinder waren fast gleichaltrig, so sagte mein Vater. Valter bat mich zum Abschied, denn er rechnete nicht damit im kommenden Jahr in Urlaub gehen zu können, dass ich Anneli bei einem meiner nächsten Besuche in Münster von ihm einen Strauss weißer Lilien, ihre Lieblingsblumen, mitzubringen. Gunvald versprach seinem Freund diesem Gefallen zu tun und hielt es ein Leben lang bei. Jedes Mal, wenn er Anneli besuchte, anlässlich einer Familienfeier oder auch zu anderen Gelegenheiten brachte er Anneli zur Erinnerung an seinen besten Freund Valter weiße Lilien mit. Das war wohl das letzte Mal, dass sich die Freunde persönlich sahen.

Gunvald meinte nur, die SS-Divisionen „Nordland" und „Charlemagne" sind in einem mörderischen Häuserkampf in Berlin annähernd aufgerieben worden. Nach meinem Wissen soll

Valter versucht haben, sich mit einigen wenigen
Kameraden, nach dem Suizid des Führers, sich zu
den Amis abzusetzen. Diese ergaben sich dann den
Amerikanern an der Elbe, über 50 Prozent der SS -
Panzergrenadierdivision "Nordland" waren in-
zwischen gefallen. Das war das Letzte, was er von
seinem besten Freund Valter Poska gehört hatte,
durch ehemalige Kameraden der Abwehr. Außer
von Valters Feldpostbrief aus Riga, von dem er
nunmehr berichten müsse.
Marc sagte zu Elin und lächelte sie an und sagte:
<Mein Vater hatte dich immer als ausgesucht
hübsches Mädchen im Gedächtnis behalten. Mir
war das zwar nicht so in Erinnerung, -aber recht
hatte er dennoch. Du hast dich in den vergangenen
Jahren sehr zu deinem Vorteil verändert.>

Feldpostbrief aus Riga

Für Gunvald kam über die Verteilerstelle Riga ein kurzer Feldpostbrief von seinem besten Freund, Obersturmbannführer Valter Poska. Valter schrieb aus dem Abschnitt der Heeresgruppe - Nord vor Leningrad, er war dort Bataillonskommandeur und verantwortlich für das Leben von etwa 650 Soldaten der 11. SS - Freiwilligen - Panzergrenadier - Division „Nordland". Es war ein kurzes Schreiben, das im Grunde nur eine Bitte enthielt, er Gunvald möge bitte, ihrer Freundschaft Willen, in Warschau mit seinem „Freund Jürgen" von den Totenkopfverbänden der SS, Kontakt aufnehmen und ihn um eine Besuchsmöglichkeit im Warschauer Ghetto bitten. Da Gunvald, bei der Abwehr/Ausland/FHO sei, wäre es ihm eher möglich, nach Warschau zu kommen. Er, Valter, käme aus dem Großraum, Leningrad nicht weg, auch zur Zeit lägen sie unter starkem russischen Beschuss von Stalinorgeln und Artillerie. Sein, Gunvalds, Besuch solle nur dazu dienen, im Warschauer Ghetto, auf der Dezielna 3, aus einem Dachfenster zwei in das Fensterglas eingeritzte 16 - stellige Ziffernfolgen und 2-vierstellige Buchstabencodes für ihn aufzuschreiben und sicher zu verwahren. Nur ihm, Valter, solle er den Buchstabencode persönlich aushändigen. Valter hatte das persönlich noch einmal unterstrichen. Er folge auch nur, mit seinem Ansuchen an ihn, einer dringlichen Bitte seines Patenonkels Gustav Goleger, den er vor einem Vernichtungslager nicht hatte bewahren können, trotz ausreichender Bemühungen und seiner wohl vorhandenen Beziehungen. Gustav war ein Freund seiner Familie, seines Vater und Valters Lieblingsonkel aus Riga und ein guter Mensch, mosaischen Glaubens und mit französischen Wurzeln. Er gehörte immer schon zur Familie seit Valters frühester Jugend wie er sich erinnerte. Mehr als das, er war sein bester Freund seit seiner frühesten Jugend, schrieb er. Valter hatte kurz vor dem Tod seines Onkels einen Brief von ihm bekommen, in dem er das Ansuchen an ihn, Valter, mitteilte. Für die Briefbeförderung hatte sein Onkel ihre letzte persönliche Habe hergeben müssen, einen Rubin - Ring seiner Ehefrau, Valters Tante Marthe. Mit diesem Ring hatte Onkel Gustav zuvor die Ziffern in das Fensterglas des Dachfensters in der Dezielna 3 ritzen können. Denn seine „Umsiedlung" sei durch die Ghetto - Kommandantur für den kommenden Tag, Samstag, den 13. 02. 1943, angeordnet worden. Es war ein trauriger und letzter Brief seines Patenonkels. Dezielna 3, Dachboden, Dachfenster, links in der Ecke, war noch einmal der Fundort explizit angegeben. Gustav Goleger wolle die Aufzeigungen von ihm bei Gelegenheit abholen, so schrieb er. Wenn nicht, wisse er wohl, was er Valter, damit zu machen habe. Schriftliche Anweisungen würde er dann auch auffinden. So nebulös und mit Grüßen von Tante Marthe und Onkel Gustav schloss dann der Brief.

Dezielna 3

Die Adresse Dezielna 3 lag am östlichen Rand des
Warschauer Ghettos. Außerhalb des Ghettos lag der
jüdische Friedhof, auf den man wohl aus der
Dezielna 3, ab der dritten oder vierten Etage, einen
guten Blick auf das ehemalige jüdische Begräbnis-
feld haben könne. So dachte Gunvald, als er in eine
aktuelle Karte des Ghettos blickte. Es war Anfang
Juni geworden als Valters Brief aus der Nähe von
Leningrad bei Gunvald eintraf. Der nur dachte,
hoffentlich steht das Haus Dezielna 3 überhaupt
noch. Denn er hatte so einiges über die „Operation
Reinhardt", die von SS - Gruppenführer Jürgen
Stroop kommandiert wurde,
im Wehrmachtsbericht und im Völkischen Be-
obachter lesen können oder besser müssen. Nach der
Warschauer Ghettoaktion, so wurde der Aufstand
im Warschauer Ghetto vom Reichsführer der
SS genannt, war zu befürchten, dass vom Ghetto
nicht mehr viel übrig geblieben war. Denn „Jürgen"
war der General der Waffen - SS, der ihm vom
Flug Vazma - Kiel noch in Erinnerung war, auch
dessen Uniformmütze mit dem Totenkopf war ihm
durchaus noch im Gedächtnis. Bei seinen nächsten

Gesprächen im Raum Warschau machte er einen Kontakt mit ihm und bat um die Möglichkeit einer Besichtigung der verbliebenen Trümmer des Warschauer Ghettos. „Jürgen" vermutete dahinter sofort einen Fall der Abwehr und wollte Gunvald zwei seiner Leute mit auf die von ihm sogenannte „Besichtigungstour" geben, was aber von Gunvald als übertrieben und unnötig abgelehnt wurde. Denn er hatte gelesen, „Das ehemalige jüdische Wohn- viertel Warschau besteht nicht mehr" das hatte SS - Gruppenführer Jürgen Stroop seinen Vorgesetzten, im Hinblick auf seine Befehlsumsetzung, mitgeteilt. Denn vorsichtig müsse er dann wohl nicht mehr sein, bei dieser durch ihn verwandten Formulierung, gab er „Jürgen" zu verstehen. Gunvald begab sich nun in die Dezielna 3, wunderte sich darüber, dass die Adresse über- haupt noch existierte. Teilweise war vom Ghetto nur noch ein Trümmerhaufen zurückgeblieben. Viel gab es nicht mehr, was es da zu sehen gab, außer Ruinen. Es war ein warmer Sommertag und es hing ein eigentümlicher, süßlicher Geruch nach Leichen, nach vielen, sehr vielen Leichen, trockenem Mörtel und verbranntem Holz in der Luft. Als er den Treppenflur des Hauses betrat, war Gunvald überrascht, der war nahezu intakt und er begab sich schnell in das Dachgeschoss, auf den Dachboden; und er erinnerte sich. Das Dachfenster, links in der Ecke.

Schrieb die 16 - stelligen Ziffernfolgen und 2 - vier-stelligen Buchstabencodes, 2011040318198910 avph und auch noch 0205050518186099 tggh, in sein mitgeführtes Notizbuch, die am Glasrand des Fensters eingeritzt waren. Die Einschnitte im Glas am Rand des Dachfensters waren so gut wie nicht zu entdecken und man musste schon wissen, was man suchen wollte, dann erst entdeckte man sie. Danach zog er seine Pistole, eine Walther P38, aus dam Holster und zerschlug mit ihr die Scheibe des Dachfensters, das in Tausende kleine Glassplitter verbrach und sich unter dem Fenster auf dem Boden zerstreute. Er verließ rasch die Dezielna 3, ohne auf den jüdischen Friedhof, der ganz in der in der Nähe lag, von oben noch einen Blick zu werfen; ansonsten hätte er das aramäische Kaddisch - Gebet eines Rabbis hören können, der wohl noch immer unter den Lebenden weilte.

In seinem Notizbuch standen nun vermerkt, 2011040318198910 avph und 0205050518186099 *tggh, Ziffern und Buchstaben, die vergebens auf seinen Freund Valter Poska warten sollten.*

>Das Notizbuch und seinen letzten Brief soll ich, nach dem Letzten Willen meines Vaters, dir als Erbin übergeben.< :sagte Marc zu Elin Poska und schob ihr das Notizbuch seines Vaters über den Tisch zu.

Elin schaute nur kurz, fast oberflächlich, in das Notizbuch Gunvalds, dass dieser fast abgöttisch jahrelang gehütet hatte, sah die Zahlenkolonnen und Buchstabencodes und sagte nur:

> Es ist die Kontenstruktur für eine Nummern-beziehung bei der Schweizer Kantonalbank in Bern, ich vermute, dahinter liegt ein Schließfach, Depot oder beides. Wenn ich Montag auf der Thaerstraße bin, beschäftige ich mich sofort damit und wir werden dann weitersehen. Ich denke, wir werden einen Flug in die Schweiz buchen, wenn es dir passt. Es würde mich sehr freuen, wenn du mich dabei begleiten würdest und vielleicht springt dabei auch noch ein Artikel in euerem Hamburger Nach-richtenmagazin heraus.< sagte Elin und lächelte Marc vielsagend an. Marc erwiderte, < Keine schlechte Idee, das machen wir dann so, wie du das meinst.>

Der Tag ging durch weitere Gespräche über ge-meinsames Erleben und gemeinsame Freunde dem

Ende zu. Marc fühlte sich wohl, war glücklich über die Gespräche mit Elin aus Schulzeit und Kindertagen. Am kommenden Tag machten Elin und Marc einen Altstadtbummel und frischten alte Erinnerungen auf, beide hatten wohl das Gefühl, lange Zeit etwas vermisst zu haben, was sich nunmehr recht zufällig ergeben hatte, beide hätten es aber nicht beschreiben können. „Das Leben ist schon seltsam", dachte Marc.

Das Wochenende kam langsam zum Abschluss, Marc verabschiedete sich von Elin, umarmte sie und drückte sie fest an sich. Sie verabschiedeten sich, so wie sich wohl ein Paar verabschieden würde, es fiel beiden nicht leicht, allem Anschein nach. Das Taxi wartete schon vor dem Haus, er ließ sich zum Zentralfriedhof befördern und bestieg danach seinen PKW, den er dort abgestellt hatte, fuhr zurück nach Hamburg in die Redaktion. Marc hatte es bisher immer so gehalten, wenn er etwas vermisste, betäubte er sich mit Arbeit und Elin vermisste er sehr. Nach vierzehn hektischen Tagen in der Redaktion kam die Telefonistin aufgeregt und persönlich zu ihm ins Büro. Marc dachte nur, dir ist schon viel passiert, das aber doch noch nicht. Die Dame aus der Zentrale kündigte persönlich ein Telefonat mit dem BKA an, es würde für ihn eine abhörsichere Leitung aus Wiesbaden für ihn geschaltet erzählte sie. >Ich bin schon einige Jahre im Geschäft, so etwas habe ich aber bislang noch nicht erlebt, an was für brisanten Dingen arbeiten Sie denn zur Zeit? >:fragte sie und verließ lächelnd Marcs Büro, ohne dessen Antwort abzuwarten. Nach etwa zwanzig Minuten klingelte das Telefon, es war die Kollegin aus der Zentrale: <Hier ist Ihre Leitung aus Wiesbaden, die Dame ist sehr nett am Telefon, verärgern Sie sie mir nicht.> >Dazu besteht kein Anlass< antwortete Marc und am anderen Ende der Leitung meldete sich Elin. Als er ihre Stimme hörte, überkam ihn ein angenehmes Gefühl, etwas, was er bislang selten in seinem Leben empfunden hatte. Er freute sich und sagte: <Schön deine Stimme zu hören Elin, was gibt es Neues?> <Ich habe die Buchstaben- und Zifferncodes aus dem Notizbuch deines Vaters zuordnen könne, es handelt sich um einen Mix der Geburtsdaten, im ersten Fall von Adolf Hitler und Valter Poska, im zweiten Fall von Theodor Herzl und Gustav Goleger. Die Absicht war sicherlich, sie leicht einprägsam zu gestalten, falls man sich der Codes nicht mehr erinnern könne. Ich bin sehr in Eile, muss noch ein

Seminar für die Polizei in Hamburg vorbereiten
und danach hole ich dich gegen 18:00 übermorgen
aus der Redaktion ab, wenn du das möglich machen
kannst. Wir fliegen von Hamburg nach Bern, zur
Kantonalbank, unsere Flüge und das Hotel habe ich
schon gebucht> <Das passt schon, vergiss mich
nicht ganz.> antwortete Marc. <Blödmann>, kam
von Elin zum Abschluss und sie legte auf.

Es wurde für Marc schnell übermorgen 18:00, so
ein Gefühl hatte er und von Elin war in der
Redaktion weit und breit nichts zu sehen. Marc
dachte nur, typisch Frau. Um 18:45 klingelte dann
doch sein Telefon und er hörte Elin sagen: <Wo
bleibst du denn, ich warte fast schon 45 Minuten
auf dich> sie lachte < es tut mir leid aber ich habe es
nicht früher geschafft, die Seminarvorbereitungen
waren doch zeitintensiver als ich dachte. Nun ist
aber alles erledigt und ich warte unten vor dem Verlag auf dich in einer Taxe.> Von Marc kam nur
knapp: <Bin auf dem Weg> und er war mit seiner
Reisetasche auf dem Weg ins Foyer des Verlages.
Elin stand vor der Taxe und lächelte ihn an <Es tut
mir leid, dass du warten musstest Marc> :sagte sie,
nahm ihn in den Arm und küsste Marc auf die

Wange. <Kein Problem hatte sowieso noch reichlich zu arbeiten. Schön dich zu sehen Elin>, kam als Antwort von ihm zurück.

Beide bestiegen das wartende Taxi und Elin gab als Fahrziel den Flughafen an und der Taxifahrer startete seinen Wagen und fuhr los. Elin informierte Marc knapp über ihre weiteren Planungen. Ein-checken bei Sky Work Airlines, Abflug nach Bern um 19:45, Ankunftszeit in Bern 21:20, Airportbus in die Innenstadt, einchecken im Hotel Continental auf der Zeughausstraße, Fahrzeit des Flughafenbusses ca. 30 Minuten. <Wir fliegen mit einer kleinen Maschine, einer Fairchild Dornier 328, mit etwa 30 Plätzen.< :sagte sie. Den ersten Termin habe sie am kommenden Vormittag, gegen 10:30 bei einem Herrn Hürlimann, bei der Kantonalbank auf dem Bundesplatz 8 vereinbart. Wie Marc sich wohl denken könne, habe sie alle Formalien vorbereitet, unter anderem habe sie einen Erbschein in den Unterlagen, der einwandfrei ihre Verfügungsberechtigung über das Erbe ihres Vaters beweist. Ein Erbschein sei in Deutschland eine amt-liche Urkunde, die für den Rechtsverkehr, also auch mit den Banken, feststellt, wer Erbe ist und welchen Verfügungsbeschränkungen das Erbe unterliegt und dieser deutsche Erbschein gelte auch im Ausland, zum Beispiel in der Schweiz. Da es sich um ein sogenanntes „nachrichtenloses Konto" handeln müsste, sei die Angelegenheit sicherlich nicht schnell zu erledigen, könne sie sich vorstellen. Es sei ihr Eindruck, wie sie aus vergleichbaren Fällen aus dem BKA wusste, so möchten die Banker am liebsten das Erbe für immer und ewig behalten -und dieses gilt es natürlich zu verhindern.

Der Flug nach Bern ging ohne Zwischenfälle vonstatten und sie trafen gegen 23:00 im Hotel Continental ein. Das Hotel liegt im Herzen der Berner Altstadt, es bietet diskreten Charme, mit einem gefälligem Innenhof und einer großen Sonnenterrasse. Sie wohnten in einem hellen Zimmer mit Holzböden, eigenem Badezimmer und TV. Also mehr oder weniger mitteleuropäischer Standard, sauber, bequem und preislich durchaus akzeptabel. In Hotelnähe befinden sich gute Restaurants, Museen und auch Galerien. Alles ist leicht und bequem zu Fuß zu erreichen. Also eine passende Buchung für einen Kurzurlaub in Bern. Wenn gleich die Stadt nicht so gut wegkommt, Marc dachte oftmals er wäre zu einem Kurztrip nach Dortmund in Ruhrgebiet aufgebrochen und fühlte sich dort in die Innenstadt versetzt, in die Umgebung der Reinholdikirche; Urlaub war es ja dann doch wohl nicht. Aber generellen ist die Landschaft in der Schweiz unschlagbar, die Alpen mit ihren schneebedeckten Gipfeln, aber es muss ja auch nicht immer Bern sein.

Elin hatte ein Doppelzimmer gebucht, Marc dachte nur, ihre Direktheit hatte sie noch nicht verloren, das war die Elin, die Marc von früher kannte und lächelte. Das Zimmer war geräumig, mit dunklem Parkettfußboden und es strahlte Sauberkeit aus. Marc ging ins Bad und Elin beschäftigte sich mit ihren Dokumenten, die sie für den morgendlichen Besuch bei der BCB (Banque du Canton de Berne) benötigte, um sich als Erbin der „nachrichtenlosen Konten" mit den Zugangsnummern 2011040318198910 avph und 0205050518186099 tggh zu identifizieren. Anschließen schaltete sie den Laptop ein und kontrollierte ihren Email Client, „nichts Neues" hörte Marc von ihr. Er kam aus dem Badezimmer zurück, „das riecht wie der frühe Morgen" kommentierte Elin und verschwand kurz danach im Bad. Marc schaltete den Fernseher mit der Fernbedienung ein und beschäftigte sich mit dem dort laufenden Nachrichtenprogramm eines

Nachrichtensenders aus Deutschland. Die Bade-
zimmertür öffnete sich und Elin kam in einer
kurzen Schlafanzughose mit gleichfarbigem Oberteil
zu ihm ins Schlafzimmer und sie legte sich neben
ihm ins Bett. Nach kurzer Zeit sagte Marc, er wolle
gleich das Licht löschen und den Fernseher ab-
schalten, es sei morgen sicher ein anstrengender
Tag, der auf sie warte. Nach kurzer Zeit spürte
Marc ihre Hand auf seiner Brust liegen, das war ein
angenehmes Gefühl. Ihre Hand verblieb dort einige
Zeit und glitt dann weiter nach unten, kurze Zeit
später zog er sie zu sich herüber, fasste ihr sachte
unter das Oberteil des Schlafanzuges und berührte
flüchtig eine ihrer Brustwarzen, die sich unmittelbar versteifte, während Elin leicht aufstöhnte, sich
auf ihn setzte und er dann in sie eindrang, sie
schliefen miteinander. Marc hatte das Gefühl, Elin habe ihm schon fast allezeit in seinem
Leben gefehlt. Es sei wunderbar neben ihr einzu-
schlafen und am Morgen neben ihr aufzuwachen,
wenngleich noch total erschöpft. Am frühen Morgen
wurde Marc von Elin lebhaft geküsst, sie sagte:
<Aufgewacht, ich habe uns das Frühstück aufs
Zimmer bestellt. Für dich ist es ein Kontinental-
frühstück geworden, denn deine morgendlichen

Sonderwünsche sind mir ja noch unbekannt.>
<Sonderwünsche sind gerade schon erledigt
worden>, antwortete er und küsste sie ungestüm.
<Schmeichler, für alles Andere haben wir heute
noch ausreichen Zeit, nur den Termin um 10:30 bei
der BCB sollten wir nicht versäumen>, sagte sie,
>aber der Bundesplatz 6 ist in 5 Minuten von hier
zu Fuß zu erreichen.> <Komm zu mir.> sagte
Marc. Aber es klopfte an der Zimmertür und der
Hotel - Service rief: <Zimmerservice, das Früh-
stück>. Alles andere musste dann warten.

Banque du Canton de Berne

Elin hatte gut recherchiert, die BCB lag fast um die Hausecke entfernt und war schnell zu Fuß zu erreichen. Das Geldinstitut strahlte die erhabene Ruhe aus, die wohl im Geldhandel weltweit üblich ist. Herrn Hürlimann erwartete sie schon im Foyer, man stellte sich kurz vor und er bat sie beide in sein Büro. Der Depotverwalter Hürlimann machte einen aalglatten Eindruck, roch nach zu viel und zu billigem Rasierwasser. Sein Businessanzug war in Dunkelblau, fast Schwarz gehalten, wie es zurzeit wohl internationaler Standard oder vielleicht auch nur der Zeitgeschmack ist. Er trug ein weißes Oberhemd und hatte eine gelbe Krawatte um den Hals gelegt. Seine Haare waren leicht gegelt und glänzten pomadig, also durchaus zu dem Typ Mann passend. Insgesamt gab er von seinem Habitus her keine sehr vertrauenerweckende Vorstellung ab. Sein Arbeitszimmer strahlte dagegen gediegene Eleganz und Ruhe aus und erschien für den objektiven Betrachter, als für einen anderen Menschen als ihn entworfen zu sein.
Herr Hürlimann fragte Elin und Marc freundlich: <Kaffee, Tee oder etwas anderes?>, Elin und Marc

lehnten aber dankend ab. Herrn Hürlimann bat sie
Platz zu nehmen und Elin wies die zwei Zugangs-
nummern 2011040318198910 avph und
0205050518186099 tggh zu den beiden BCB
Nummernbeziehungen vor. Herr Hürlimann wies
darauf hin, ein Nummernkonto oder auch ein
Nummerndepot sei ein fast normales Bankkonto,
Wertpapierdepot oder auch Bankschließfach, bei dem
der Eigenname des Bankkunden durch eine
Nummer oder möglicherweise auch durch ein
Kennwort ersetzt sein kann. Diese sogenannte
Nummernbeziehung ist nicht anonym und unter-
scheidet sich weder in rechtlicher noch in steuer-
licher Hinsicht von einer gewöhnlichen Konten-
beziehung.
Die einzige Besonderheit liegt darin, dass der Halter
nur einem geringen Bereich von Finanzfachleuten
des Geldinstituts bekannt ist und der Name des In-
habers nicht auf Belegen wie Auszügen oder ähnlich
im laufenden Geschäftsverkehr zu finden ist. Eine
Zugangsberechtigung ist aber in jedem Fall trotzdem vollständig durchzuführen. Elin sagte nur
knapp: <Ist bekannt> und wies ihren Erbschein vor.
Nun wolle Herr Hürlimann seinem Exkurs über
das Schweizer Bankensystem fortsetzen, worauf

Elin nach seinem fünfminütigem Vortrag fragte, ob ihn ihre Meinung auch interessierte. <Natürlich>, kam direkt von Herrn Hürlimann und Elin gab ihm einen umfassenden Einblick in das Schweizerbankensystem, aus deutscher Sicht, oder besser, des BKA`s. Marc hatte den Eindruck, das Gespräch fand bei dem Bankbeamten von der Banque du Canton de Berne überhaupt keinen Anklang.
Elin trug ihm explizit auch den historischen Hintergrund seines Geldinstituts vor, dass zum Jahresende des vergangenen Jahres, also fast mehr ein halbes Jahrhundert nach dem Ende des Zweiten Weltkrieges, sich der Finanzsektor der Schweiz erstmalig ernsthaft mit dem heimischen Bankgeheimnis auseinandersetzte. Die Schweiz behauptete das Bankgeheimnis in den 30er-Jahren eingeführt zu haben, um die Vermögen deutscher Juden vor dem Zugriff der Nationalsozialisten zu schützen. Ausgangspunkt war 1934, in diesem Jahr wurden drei deutsche Juden vom Dritten Reich hingerichtet, weil sie nicht deklariertes Vermögen auf Bankkonten in der Schweiz hielten. In dieser Zeit rettete das Bankgeheimnis Existenzen vor dem Untergang. Die Presse schrieb 1966, die Schweizer Banken hätten sich mit ihrem Bankgeheimnis,

schützend vor die vom Dritten Reich Verfolgten gestellt.

Denn das sei offensichtlich eine Desinformation der Schweiz, denn deren Bankgeheimnis war schon vor Hitlers Machtergreifung gesetzliche Realität im Nachbarland Schweiz und der Schutz jüdischen Vermögens war zu keiner Zeit ein Beweggrund dessen Einführung. Die Schweizer Politik stellte schon lange vor Hitlers Machtergreifung im Januar 1933, die Weichen für einen umfassenden Bankkundenschutz – in einer Zeit also, in der die europäischen Juden nicht um ihr Vermögen und ihr Leben bangen mussten. Auch schon in den Jahren 1920 - 1930 stand die Schweiz als Steueroase für Steuerhinterzieher in der Kritik ihrer Nachbarländer – ganz wie gegenwärtig also. Die europäische finanzpolitische Sachlage verschärfte sich, als 1932 in Paris zwei Bankiers aus der Schweiz von der französischen Administration verhaftet wurden, sie hatten Franzosen geholfen, Geld vor dem französischen Staat in Sicherheit zu bringen. Es ging dabei keinesfalls in erster Linie um jüdische Vermögen. Denn diese Fiktionen entwickelten die Schweizer Banken erst viel später. Auch machten die Administrationen der Weimarer Republik

enormen Druck und versuchten mit Banken-
spionage an die Daten deutscher Steuerhinterzieher
zu kommen, wohlgemerkt in den 20er Jahren, da
war Hitler und dessen Judenvernichtung noch weit
entfernt. Das genau so auch im Hinblick auf die
Erben und Konteninhaber in der Schweiz, die wie
zu vermuten ist, die durch den mörderischen Terror
der Nationalsozialisten in Deutschland und
europaweit getötet wurden. Das geschah nicht aus
eigenem Antrieb, was wohl der Normalfall hätte
sein müssen, sondern kam nur durch erheblichen
weltweiten Druck jüdischer und anderer Opfer-
organisationen zustande. Dieses geschah auf internationalen Druck, der die Reputation des Schweizer
Bankensektors und dessen damit in Verbindung
stehendes Bankgeheimnis bis ins Mark zu erschüttern schien.
Dies zeigte auch erhebliche Negativspuren in den
Bilanzen der Schweizer Banken und veranlasste
daher den Bankensektor zu größter Eile. In der Vergangenheit wurden Forderungen nach Auskunft,
bis zuletzt mit dem Hinweis auf halbherzige Such-
aktionen in den 60er Jahren; und das sakrosankte
Bankgeheimnis abgewimmelt. Diese Verbesserung
der Umgangsformen mit Opfern der National-

sozialisten kam nicht von ungefähr. Während dessen die Schweizer Regierung -wenn auch langsam und ebenfalls erst unter erheblichem Druck- damit begann, Fonds aufzulegen und auch Historiker durch Forschungsaufträge zu beauftragen, widerstanden die Finanzdienstler bis zuletzt auf dieser einmal eingeschlagenen Linie. Erst durch den immensen Druck jüdischer Organisationen aus Amerika, die im Raum stehende Drohung eines Boykotts der Schweizer Banken und die Ankündigung von Prozessen in den USA, hat dieses Umdenken erreicht. Für bedürftige Nachfahren von Juden, die in den Konzentrationslagern der des Dritten Reiches ums Leben kamen, kommt die Geste reichlich spät und diese Getöteten gab es millionenfach. Erfolglos haben massenhaft von ihnen viele Jahre versucht, an das Geld ihrer, „durch Vernichtung durch Arbeit oder einfach nur ermordeten", Vorfahren zu kommen. "Ohne Erbschein kein Zugang zum Konto ", wurde vielen von ihnen immerzu lapidar erklärt. Anträge, ohne nachweisbare Dokumentationen, blieben chancenlos. Für bankinterne Ermittlungen verlangten dann die Schweizer Geldinstitute überdies noch eine Unkostenbeteiligung von 300 Franken - was für Nachkommen aus osteuropäischen Gebieten zudem noch unerschwinglich war. Wenn die Verfahren über diese sogenannten „nachrichtenlosen Konten" endlich geschlossen werden, dürften die Schweizer Bankiers wohl erst einmal aufatmen. Abgeschlossen ist damit der Vorgang noch lange nicht. Weiterhin stehen schwere Vorwürfe im Zusammenhang mit dem Geschäftsgebaren der Schweiz während des Zweiten Weltkriegs zu Diskussion. Die Nazielite hätte zum Teil ihre aus geplündertem jüdischen Besitz zusammengerafften Finanzvermögen bei den Schweizer Banken ungestört anlegen können. Gold und Wertsachen, die Flüchtlingen und Verfolgten vor ihrem Tod weggenommen wurden, sei in der Schweiz unproblematisch hinterlegt worden. Die Schweizer Nationalbank habe für das Dritte Reich tonnenweise Gold in den internationalen Finanzverkehr gebracht und letztlich verkehrsfähig gemacht, das aus den Nationalbanken besetzter europäischer Völker geraubt worden war und zum Teil auch aus Zahngold der Konzentrationslager bestand. Inwieweit die Schweizer Bankiers auch Geldvermögen schützten, das von der Nazielite in der Schweiz hinterlegt worden ist, sei bisher noch nicht einmal in Ansätzen untersucht worden.

Wie ein Geschichtsprofessor aus der Schweiz schon vor über fünfzehn Jahren herausgefunden hatte, entstand der Mythos des Schweizer Bankgeheimnisses, zum Schutz der Juden, erst mehr als 20 Jahre nach deren Vernichtung in der „ha' Schoah". Ein anonymer Verfasser schrieb 1966 in einem Bulletin der Schweizerischen Kreditanstalt (momentan die Credit Suisse), „die Einführung des Schweizer Bankgeheimnisses habe Tausenden von Juden Vermögen und Existenz gerettet". Innerhalb weniger Monate fand diese hemmungslose moralische Selbstüberhöhung Eingang in zahllose Printmedien. Nun erst war Elin am Ende ihres Vortrags angekommen, der Herrn Hürlimann so gar nicht gefallen hatte, konnte er auch wohl nicht, dachte Marc, denn die Bankenwelt der Schweiz kam darin gar nicht gut weg.

Nach diesem Vortrag schob Elin Herrn Hürlimann, von der BCB, ihren Dienstausweis des BKA`s und eine Visitenkarte ihres Kollegen Bauer vom Bundesamt der Schweizer Polizei über den Schreibtisch.

Elin meinte nur abschließend: <Wenn Sie Fragen haben, kontaktieren Sie bitte Herrn Bauer von der FIU (Financial Intelligence Unit), meinen Ex-

kurs in das Schweizer Bankgeheimnis kann ich
Ihnen auch schriftlich zusenden, und wenn es Ihnen
lieber ist, auch in englischer Sprache.>
Herrn Hürlimann hatte es mehr oder weniger die
Sprache verschlagen, eine Kundin wusste mehr als
der „Bankbeamte" selbst, denn so wurde man in
seiner Berufsgruppe bis 1980 noch in der Schweiz
genannt, weil man so ehrenwert, zuverlässig und
genau war, dachten wohl die Schweizer damals, aber
diese Zeiten schienen nun auch schon lange vorüber
zu sein.
Zu Marc gewandt bemerkte Elin knapp: <Das war
ein Teil meines Seminars, das ich für die
Hamburger Polizeidienststellen vorbereitet wurde
und was mich nunmehr bei dir wohl entschuldigt.>
Marc sagte nichts, nickte nur zustimmend lächelnd.
Nachdem Herr Hürlimann seine Fassung wieder
gefunden hatte, er hatte sich während Elins Ausführungen mindestens dreimal seinen Schweiß von
Stirn und Nacken geputzt, bedankte er sich für den
informativen Vortrag, wenngleich das Schweizer
Finanzsystem nicht gut dabei wegkomme, man
müsse wohl noch an sich arbeiten, meinte er. Abschließend teilte er noch mit, dass er im Verlauf
des Vormittags die Prüfung der vorgelegten Unter-

lagen wohl abgeschlossen habe und er dann am Nachmittag uns gerne wiedersehen würde, wenn es denn terminlich für uns passend wäre. Falls aber Probleme auftreten würden, würde er Elin auf ihrem Telefon erreichen können, ihre Nummer stehe ja auf ihrer Visitenkarte. Nahm die vorgelegten Unterlagen und sagte: <Ich mache mir nur eben Kopien> und war nach kürzester Zeit zurück, schob Elin die Papiere über den Schreibtisch zurück, mit der Bemerkung, >Morgen sehen wir weiter, wir telefonieren zuvor.< Herr Hürlimann begleitete sie zum Ausgang der Bank und verabschiedete sich von ihnen mit einem freundlichen schweizerischen „Uf Widerluaga" von ihnen.

Auf den zweiten Blick wirkte Bern durchaus nicht wie die Umgebung der Dortmunder Reinholdi-kirche und ein Kurzurlaub hier nicht wie ein Ruhr-gebietsurlaub. Marc und Elin gingen, aus dem Hotel kommend, in Richtung Bundesplatz und kamen an der BCB vorbei, es war beinahe ein sonniger Spätsommertag und ein kleiner Spazier-gang in Bern und näherer Umgebung erschien ihnen durchaus angebracht. Aus der Tiefgarage der Bank kam mit lautem Motorgetöse ein gelber

Ferrari herausgeschossen, sie glaubten ihren Augen nicht zu trauen, am Volant saß Herr Hürlimann, offensichtlich auf dem Weg in den Feierabend. Marc runzelte die Stirn und sagte: <Was hier alles so verdient werden kann als Kontenverwalter, das ist schon erstaunlich.> <Vielleicht hat er ja geerbt oder eine reiche Frau geheiratet>, mutmaßte Elin . Sie machten an der Aare, dem längsten Fluss der Schweiz, der durch die Berner Innenstadt fließt, einen kurzen Spaziergang zur Gurtenbahn und fuhren in einem Panoramawagen der Stadtseilbahn, hinauf auf den Berner Hausberg, den Gurten. Beide waren sich einig, es war schon eine grandiose Aussicht auf Bern und seine nähere Umgebung, Bern war schon eine Reise wert. Anschließend ging man in ein Restaurant in der Berner Altstadt zum Essen, flanierte durch die Altstadt. Es war ein mittelalterlicher Altstadtkern, mit sehr viel Flair und einfach zum Verlieben, hier möchte wohl jeder leben und wohnen, meint Marc. Sie warteten mehr oder weniger gespannt auf den kommenden Tag, auf Herrn Hürlimann bei der BCB. Am frühen Abend, es war wohl kurz vor Schalterschluss, bekam Elin einen Anruf aus der BCB auf ihr Telefon, indem man ihr mitteilte, dass ein Termin mit der Bank für sie um 10:15 vermerkt wäre und ob der Termin von ihrer Seite aus möglich wäre. Elin sagte zu und antwortete knapp: <Wir sehen uns, 10:15, Bundesplatz 8.>

Zwei nachrichtenlose Konten

Alfred, von seinen Freunden, wenn er denn welche hatte, wurde er Freddy oder Fred genannt, wischte sich kalten Schweiß von der Stirn und griff zu seinem Telefon. Es war das eingetreten, was er immer als den Super - GAU bezeichnet hatte, das Auftauchen von Erben für die beiden „nachrichtenlosen Konten" für die er als Disponent die alleinige Verantwortung in der BCB trug. Aktivierte die Kurzwahl - Nr. 1 und am anderen Ende der Verbindung hörte er „Tom hier, was gibt's Freddy". Herr Hürlimann sagte nur: <Wir müssen reden, sag Beat Bescheid, wir kommen dann zu dir.> <Wieso machst du das nicht selber, ihr seid doch im selben Gebäude, nimm den Telefonhörer in die Hand>, kam vom anderen Ende der Verbindung zurück. >Tu es, es ist wichtig, wir treffen uns 18:00 bei dir und sag nicht, dass der Termin dir nicht passt, sag alles ab, wenn du musst, ES BRENNT>, hörte Tomas Zeunert, der auch Tom genannt wurde, von seinem Kumpel Freddy. Thomas Zeunert war bis vor rund fünfzehn Jahren Vorstandssprecher bei der BCB gewesen, hatte sich dann mit einer Managementberatung selbstständig

gemacht und vermittelte Außenstehenden den Eindruck, er habe finanziell ausgesorgt und führe mehr
oder weniger ein sorgenfreies Leben
-das war bis zum Anruf Freds auch der Fall gewesen. Er wusste, Fred war nicht ängstlich, danach
musste es dann wohl ernst sein, wenn er so in Ge-
schäftigkeit geriet, wie momentan.
Tomas Zeunert war normalerweise zu dieser Tages-
zeit in seinem Unternehmen, auf dem Bundesplatz
3, der Management - Consulting - Group, Bern.
Hier beriet und schulte er das internationale
Management, nicht ohne Erfolg, wie er selbst immer
sagte: <Unsere Bilanzen sprechen für sich, für
die MCG, Bern.> Seine ehemaligen BCB -
Kollegen Beat und Alfred hielten 49 Prozent seiner
Firmenanteile als „Stille Teilhaber".
Nun war Tom zu Hause, ihn hatte Freds Anruf
aufgeschreckt, aus seiner langjährigen Sicherheit.
Wenn seine Kollegen ihn beschreiben müssten,
wurde er von denen schnell als 1,62 m kleiner Ehr-
geizling eingeordnet, der alles schöner, schneller
und besser konnte als Andere; natürlich reicher
wollte er auch obendrein noch sein. Tom schaute in
seiner luxuriösen Villa, in Halbstetten, aus dem
zum Berghang liegenden Fenster und wartete auf

seine ehemaligen Arbeitskollegen, mit denen er durch den Verlauf vergangener Jahre und ihrer gemeinsamen Interessen wegen, befreundet war. Er sah aus dem Fenster seiner Villa, in Hanglage, in der Nähe Berns, in die sich vor und unter ihm ausbreitende Landschaft. Tomas Zeunert liebte diesen Ausblick in die Weite der Umgebung, aber wohl noch mehr zur Winterzeit, wenn alles unter Schnee und Eis lag und Weiß in Weiß erschien. Die Villa war mit allem ausgerüstet, was man sich nur wünschen konnte, Sauna, Pool, Sonnenterrasse etc. Die Einrichtung machte auf Besucher einen kalten, nicht billigen Eindruck, es fehlte einfach an gediegener Eleganz. Aus der Ferne, aus der Richtung Bollingen, konnte er das dunkle Röhren eines Ferrari F12 Motors vernehmen und kurze Zeit kam Fred mit seinem gelben F12 die Hangstraße hinaufgeschossen. Er parkte vor dem Haus, winkte Tom zu, den er am Fenster stehend erkannt hatte, und bewegte sich in Richtung Villa. Tom öffnete die Haustür und begrüßte ihn mit Handschlag und Umarmung. <Alfred, was gibt es denn so Wichtiges>, war seine Frage an Fred. Der sagte nur: >Gemach, gemach, aber wo ist denn Beat?< und lächelte. >Beat verspätet sich wahrscheinlich

etwas, hatte er mir schon in seinem Telefonat mitgeteilt, du weißt, die BCB, er kommt aber sicher
auch gleich<, meinte Tomas. >Was möchtest du
trinken Freddy?>, fragte er dann. <Pilsner und
Zigarette, danach wäre es mir> :antwortete Fred.
Tom verließ ihn kurz, um nach kurzer Zeit mit Pils
und Zigaretten zurückzukommen. <Bedankt> hörte
er von Alfred Hürlimann.

Etwas später hörten sie ein dunkles Motoren-
brummen, eine Autotür wurde zugeschlagen und
Schritte kamen den Kiesweg zur Villa hinauf. Beat
Bruegli war eingetroffen, Tom ging zur Haustür,
um ihn hereinzulassen. Beat ist ein recht biederer,
blonder Typ Mann um die Fünfzig, der heute mit
schwarzer Wildlederjacke, hellblauen Jeans und
weißem T-Shirt bekleidet war, ein Zeichen dafür, er
war zuvor zu Hause gewesen. Als einzige Extra-
vaganz leistete er sich einen alten 911er-Porsche in
Schwarz. Fred begrüßte ihn schon von Weitem:
<Beat, alter Zahlenknecht, konntest du dich nicht
von deiner Arbeit trennen?> <Fred, du weist doch,
in der BCB - Revision ist immer zu tun, ihr Disponenten macht schließlich mehr als ausreichend
Arbeit.< :antwortete er Freddy und grinste ihn an
und fragte, <Was gibt es denn so Wichtiges und

Eiliges?>Tom bot ihm einen Sessel an und fragte nach seinem Getränkewunsch. Beat nahm ein Glas Bordeaux und eine kubanische Zigarre, setzte sich bequem hin und sagte zu Freddy, er könne beginnen, er sei schließlich nunmehr präsent. Alfred Hürlimann schluckte, holte tief Luft und sagte: <Das Schlimmste was geschehen konnte ist für uns eingetroffen, zwei unserer „nachrichtenlosen Konten" haben einen Erben oder besser eine deutsche Erbin gefunden. Dumm ist nur, sie ist beim deutschen BKA, dem Bundeskriminalamt in Wiesbaden, beschäftigt und hat vorzügliche Verbindungen zur Schweizer MROS (Meldestelle für Geldwäscherei)". Die Erbschaftsfrage ist definitiv geklärt, taktieren hilft da auch nicht. Wie gehen wir damit um?> Freds Nachricht hatte bei seinen Freunden wie eine Bombe eingeschlagen und sie saßen da, wie von Blitz getroffen. Am kommenden Vormittag habe er ein erneutes Treffen mit der Konteninhaberin, man dürfe sich auch nicht verrückt machen, abwarten sei das Gebot der Stunde, so meinte Hürlimann. Aber sie sollten informiert sei, es wolle möglicherweise jemand von ihnen Finanzmittel und nicht wenig.

Wenn er mehr Informationen habe, werde er sich sofort bei ihnen melden und man könne oder müsse dann verabreden was zu geschehen habe. Sie saßen da und sagten erst einmal gar nichts, es hatte ihnen, wenn man so will „die Petersilie verhagelt", falls man es rustikal ausdrücken möchte.

Das Konto

Das Wetter war feucht und regnerisch geworden, aber es war ja nur ein Fußweg um zwei Häuserblocks und sie hatten die BCB schon erreicht. Auf Elin und Marc wartete schon, voller Ungeduld, Herr Hürlimann, um sie beide im Entre der Bank zu begrüßen und er bat sie in sein Arbeitszimmer. Die Voraussetzungen für eine uneingeschränkte Nutzbarkeit der zwei Kontenverbindungen konnten von ihm bestätigt werden. Die Kontaktierung des Amtsgerichts, von dem Elins Erbschein erstellt *wurde, konnte schnell Bestätigung finden. Sie müsse sich nur Gedanken darüber machen wie und auf welchem Weg zukünftig eine Identifizierung ihrer Person vonstattengehen sollte. Er würde vorschlagen, ihren persönlichen Zugang über ihren Pass und Passnummer zu regeln. Telefonische Buchungen sollten möglichst vermieden werden. Wenn aber unbedingt erforderlich, nur in betragsmäßig geringem Umfang, bis maximal zehntausend Schweizer Franken und unter Angabe eines Sicherheitscodes der BCB, einer Art PIN. Elin leistete einige Schriftproben für zukünftige Unterschriftsvergleiche der Bank und wies ihr das Schließfach zur Kenntnisnahme zu. Elin und Marc sahen auf die aktuellen Endsummen der zwei Konten und staunten nicht schlecht, 673.000,00 EUR und 3.787.000,00 EUR waren dort als Saldo verzeichnet. Elin erbat sich eine umfassende Dokumentation sämtlicher Kontenbewegungen der beiden BCB Konten. Herr Hürlimann veranlasste sofort, mit einem Gang ins Nebenzimmer, eine Kollegin in der BCB Datenverarbeitung zwei entsprechende CDs mit allen Kontenbewegungen anzufertigen. Nach etwa fünfzehn Minuten lagen beide Konten - CDs vor Elin auf Herrn*

Hürlimanns Schreibtisch, die Elin sogleich an sich nahm. Zwischenzeitlich hatte sie Einsicht in das Schließfach nehmen können, indem sich im Wesentlichen nur ein handgeschriebener Brief und so etwas wie ein Tagebuch Gustav Golegers befand, was Elin an sich nahm, um es zu einem späteren Zeitpunkt in näheren Augenschein zu nehmen und wie sie sagte „in Ruhe lesen zu können". Herr Hürlimann meinte nur ihr Verwandter Gustav Goleger habe in den vierziger Jahren bei der Geldanlage recht weitreichend gedacht und eine thesaurierende Anlageform in Unternehmensbeteiligungen und Geldanlagen gewählt. Die BCB wäre hocherfreut, wenn sie auch weiterhin ihr, Elins, Vertrauen genießen dürften, auch wenn sie nicht das beste Vertrauen zum Bankensystem der Schweiz hätte, wie ihm ja bekannt geworden sei. >Das ist erst einmal keine Frage<, meinte Elin abschließend, beendete das Gespräch und wir verließen die BCB. Vor dem Bankgebäude, auf dem Weg ins Hotel plauderte Marc, >Über vier Millionen Schweizer Franken, du bist ja jetzt mehr als eine gute Partie.< >So überzeugt bin ich da noch nicht, aber man wird sehen wie sich alles entwickelt<, bekam Marc zu wissen. Sie verbrachten noch einen schönen Wochentag in Bern und machten sich dann an den Rückflug. Marc bat Elin, als sie den Flieger in Frankfurt verließ, um das Exposé ihres BKA - Referates, hinsichtlich des Bankgeheimnisses in der Schweiz. Marc war der Meinung, es sei möglicherweise eine gute Grundlage für eine seiner kommenden Kolumnen; so hätte dann die Reise auch etwas für ihn gebracht. Neben anderem schönen Geschehen.

Die Kontenprüfung

Elin war in der Arbeit zurück, hatte mit Marc regelmäßige Besuche am Wochenende in Wiesbaden oder Hamburg vereinbart; und Tommy Berger, der KKH aus Münster, schien doch recht zu behalten, sie waren zusammengekommen, wie er, Tommy, es schon zu ihrer gemeinsamen Zeit im „Hittorf" erwartet hatte.

Elin hatte die Buchführung zum Depot Gustav Golegers, wenn man so will ihres Großonkels, im BKA zur Prüfung einem Kollegen weitergereicht, teilte sie Marc in einem ihrer abendlichen Telefonate mit. Sie wolle eine unparteiische Seite mit ins Boot nehmen, wie sie sagte. Denn Unregelmäßigkeiten im Konto ihres Vaters, der 1945 kurz vor Kriegsende in der Nähe von Berlin gefallen war, waren ihr direkt aufgefallen. Es war im Buchungsgeschehen ein Betrag in Höhe von 128.000 sfr. im Mai 1949 umgebucht worden. An diesem Datum war ihr Vater nachweislich schon tot; denn nur ihr Vater persönlich hatte eine Zugangsberechtigung zur BCB - Nummernbeziehung. Die von ihr beigebrachten Dokumente des Roten Kreuzes und dessen Suchdienstes stellten den Tod ihres Vaters und seinen Todeszeitpunkt definitiv fest. Elin hatte daher mit der BCB Telefonkontakt aufgenommen und auf die Diskrepanzen im Konto ihres verstorbenen Vaters hingewiesen, die ihr dann umgehend berichtigte Kontenbestände avisierten, ihr Gesprächspartner bei der BCB war ihr Disponent Herr Hürlimann gewesen.

Das Tagebuch Gustav Golegers, mit dem Elin sich nunmehr beschäftigte, war mehr als ein Spiegelbild ihrer Familie. Wie sie Marc gegenüber erklärt, handele es ich vielmehr fast schon um ein Dokument der Zeitgeschichte. Es beginnt banal mit familiären Episoden und Befindlichkeiten in Golegers und Poskas Familienverbund. Brisanz erhält dessen Berichterstattung erst durch eine Beschreibung der sowjetischen Umsiedlungspolitik, infolge des Nichtangriffspakts Russlands mit dem Deutschen Reich. Auch wurde versucht, verstärkt Deutschbalten in den Jahren 1939/1940 von den Nationalsozialisten aus Estland in das Deutsche Reich umzusiedeln, abfällig wurden diese dann im Reich als Beutedeutsche bezeichnet. In einem geheimen Abkommensteil zum Hitler-Stalin-Pakt wurde das gesamte Baltikum mit Estland, Lettland und Litauen dem sowjetischen Einflussbereich überlassen; und letztlich durch die Sowjets annektiert. Nach offiziellem sowjetischem Sprachgebrauch traten die drei vormals unabhängigen baltischen Staaten der Sowjetunion bei. Nach Kriegsbeginn 1941 wurde dann das Baltikum von der Deutschen Wehrmacht besetzt und die „Endlösung der Judenfrage" wurde in einer Genozid-Politik des Deutschen Reiches 1941 bis 1945 auch in Estland unter tatkräftiger Mithilfe der dortigen Bevölkerung verfolgt.

Gustav Goleger war frühzeitig bekannt geworden, was mit seiner jüdischen Glaubensgemeinschaft bei diesen sogenannten Umsiedlungsaktionen durch Wehrmacht, Polizeieinheit und SS - Totenkopfverbänden geschehen sollte. Direkt nach Kriegsbeginn hatte er daher mit seinen jüdischen Glaubensgenossen verabredet, alle verwertbar Habe zu Geld zu machen und die erhaltenen Geldbeträge in der Schweiz auf einem sogenannten Nummernkonto anzulegen. Die Anlage des Finanzvermögens geschah über Finnen und Schweden, zu denen der eine oder andere seiner Glaubensbrüder familiäre Kontakte unterhielt. Es kam ein stattliches Vermögen zusammen, das der Glaubensgemeinschaft eine Auswanderung nach Israel und einen dortigen Neuanfang sicherstellen sollte.

Gustav Goleger hatte eine Namensliste erfasst, die vierundzwanzig Namen auswies und hinter jedem Einzelnen nicht unerhebliche Beträge; und in der Gesamtheit hinter dem bei der BCB geführten Betrag von 3.787.000,00 EUR liegen müssten. Alle Namensnennungen sind mit Wohnort und Geburtsdatum versehen, falls man einen von ihnen suchen sollte, könne man ihn dann sicherlich auffinden, wenn er denn nicht der nationalsozialistischen „Endlösung" zum Opfer gefallen sein sollte, so schrieb Gustav Goleger abschließend in sein Tagebuch.

Die vorletzte Eintragung enthielt eine Eintragung über seine Schiffspassage von Reval - Nynäshamn (Schweden), er notierte dazu, hoffentlich ist das nicht schon zu spät. Sein Tagebuch hatte er mit der letzten Geldsendung dem Geldboten mit einem Brief an sein Patenkind Valter Poska anvertraut. Den Überbringer beauftragte er, dass die BCB Brief und Tagebuch in seinem angemietetem Bankfach in Verwahrung nehmen sollte, falls ihm mal etwas zustoßen würde.

Und wie recht er doch hatte …

Betrugsversuch

Ungefähr zwei Wochen vergingen, Elin hatte sich regelmäßig mit Marc an den Wochenenden gesehen und sie waren rundum glücklich, wie man so sagen kann. Marc hatte zwischenzeitlich die Kolumne über ihre K2 Besteigung vollendet. Note eins, meint Elin dazu, mit ihrer vollsten Zufriedenheit, so habe eben gute Journalistik auszusehen. Eines Morgens kam Elins Kollege aus dem Bundeskriminalamt kam aufgeregt in ihr Arbeitszimmer auf der Thaerstraße, sie hatte fast vergessen, dass sie die CD-ROM mit der Kontenführung der BCB über Gustav Golegers Kontenverbindung an ihn zur Prüfung weitergegeben hatte. >Da bist du ja an einer sensationellen Geschichte dran>, hörte sie von ihm anerkennend, <der reale Bestand des Goleger Finanzdepots müsste bei 8,2 Millionen Euro liegen, kein schlechter Betrugsversuch und skrupellos von der BCB gehandhabt ist es obendrein. Die Summenabschöpfungen sind als bankinterne Verrechnungen getarnt und wurden auf das Konto der Management Consulting - Group in Georg Town, auf den Grand Caymans, bei der Cayman National Bank (CNB) überwiesen.

Kontenverfügungsberechtigter ist Tomas Zeunert.
Das IKS (Interne Kontrollsystem) der BCB sieht bei
Kontenbewegungen dieser Höhe die Einschaltung
und Goutierung der Revisionsleitung vor, in allen
Fällen zeichnete dort ein gewisser Beat Bruegli, wie
ich feststellen konnte.> Elin meinte nur: >Das ist
nicht alles, wie ich aus dem Bundesarchiv in-
zwischen erfahren konnte, wurde mein Großonkel,
der Konteninhaber, nachweislich seiner Häftlings-
karteikarte am 20. 04. 1942 in Auschwitz vergast.
An diesem Montag wurden mit ihm über 12.000
Häftlinge getötet, zum Geburtstag des Führers als
ein Präsent, wie in seinen Monatsberichten der
Kommandant des KZ Auschwitz -Birkenau, SS
Obersturmbannführer Rudolf Franz Ferdinand
Höß, nach Berlin berichterstattete.
Da fällt einem nur ein Textteil aus der 1947
von Paul Celan geschriebenen Todesfuge ein, „Der
Tod ist ein Meister aus Deutschland", und man
fühlt sich elend dabei.> und Elin schüttelte den
Kopf, voller Traurigkeit und Abscheu.
Am Abend telefonierten Elin mit Marc miteinander,
Elin berichtete ihm die Neuigkeiten aus der BCB.
Marc sagte ihr nur, pragmatisch wie immer, da sie
das Geld des Sammelkontos sowieso nicht behalten

wolle, wie sie gesagt hätte, könne sie auch die Israelis bitten zu prüfen, ob denn überhaupt jemand der Anleger oder dessen Erben die „Endlösung im Baltikum" überlebt hätten. Oder sie mache es sich einfach und ließe die Israelis die Angelegenheit, Erbschaft hin oder her, selbst regeln. Und Elin solle nur eine Verfügung treffen, wenn keine Erben in allen oder Einzelfällen zu finden seien. Außerdem solle sie noch festlegen, welcher israelischen karikativen Organisation die Finanzmittel dann letztendlich zukommen sollten. >Da muss ich mir noch Gedanken darüber machen; und wenn ich mal wieder in Berlin bin, werde ich mit der Botschaft Israels Kontakt aufnehmen, keine schlechte Idee von dir Marc, und danke< :hörte er von Elin und sie verabredeten ihr kommendes gemeinsames Wochen-endprogramm.

Berlin, Am Treptower Park 5-8

Es verging etwa ein Monat in dem Elin sich, unter Wahrnehmung ihrer anderen Aufgaben im Sektor der internationalen Geldwäsche, mit der Optimierung ihres Vortrages hinsichtlich des Schweizer Bankgeheimnisses auseinandersetzte. Es erfolgten durch sie die Angleichungen, die sie aus eigener Anschauung mit der BCB gewinnen konnte oder besser gesagt, gewinnen musste. Der Vortag war vom BKA, Berlin für deren höhere Polizeiführer in Brandenburg vorbereitet. Kurz vor Reisebeginn telefonierte sie noch mit der Botschaft des Staates Israel in Berlin. Ließ sich mit dem stellvertretenden Pressesekretär, einem Herrn Ari Weiss verbinden und bat um einen Gesprächstermin, während ihrer Berliner Anwesenheit. Herrn Weiss machte einen kompetenten Eindruck hinsichtlich seiner tele-fonischen Gesprächsführung. Elin dachte nur, der sitzt nicht zufällig in der Presseabteilung. Ein Termin mit ihm war schnell vereinbart und das Ge-spräch plätscherte so dahin. Man kam schnell auf Elins BKA - Termin und die Thematik ihres Vor-trages, hinsichtlich des Schweizer Bankgeheimnisses zu sprechen. Herr Weiss erschien daran mehr als nur aus Höflichkeit interessiert und er sagte es würde ihn freuen, sie persönlich kennenzulernen. Nach Elins Vortrag, sie hielt ihn im „Großen Sitzungssaal" des BKA`s, Am Treptower Park, der von den teilnehmenden Polizeidienstleitern als sehr sachkundig anerkennend gelobt wurde, trat zur Verwunderung ihrer Polizeikollegen ein Mann aus dem Einladungskreis auf Elin zu und stellte sich vor. Es war Ari Weiss aus der israelischen Botschaft, der dortige stellvertretende Pressesekretär, gut aussehend, braun gebrannt und vom Alter her um die Mitte dreißig. Herr Weiss hatte sich von der Berliner BKA - Direktion zu ihrem Vortrag einladen lassen.

Wie man Elin später mitteilte, war man sehr erstaunt ob des internationalen Interesses an ihrem Referat und wie der Resident des Mossad in Berlin davon Wind bekommen hatte. Denn über die Tätigkeiten von Ari Weiss in Berlin war man beim BKA bislang stets im Bilde gewesen. Er stellte sich mit Ari vor und meinte, er habe schon mit ihrer Person Telefonkontakt gehabt und hoffte weiterhelfen zu können, wenn sie ihm ihre Wünsche näher erläutern könne. Ari schlug einen kleinen Spaziergang in den Treptower Park vor, man könne ein wenig gehen

und sich dabei besprechen, wenn es Elin recht wäre.
Sie nickte nur und sagte, dass sie ihre vorbereiteten
Unterlagen dazu gerne mitnehmen wolle, und griff
sich ihr City Bag, in dem sich die Liste der Konten-
beteiligungen aus Gustav Golegers Tagebuch befand. Elin verließ mit Ari dann das BKA - Gebäude
und sie schlenderten in den
Park. Elin informierte Ari Weiss die familiären Geschehnisse -es wurde ein langes Gespräch mit
dem Berliner Residenten des Mossad. Sie um-
rundeten den Karpfenteich und kamen dann
während des Spaziergangs am sowjetischen Ehren-
mal vorbei, das eher unbekannt ist für einen
normalen Berlintouristen. Ahnungslos ging sie
mit Ari in die Anlage hinein. Und plötzlich standen
sie vor einem riesigen Denkmal und auf seitlich
liegende Steinblöcke waren Tagebucheintrage
von Stalin notiert. Ari sagte dazu nur: <Der war
auch kein Freund Israels.>, so im Vorbeigehen
und Elin nickte zustimmend. Nach einer langen
gemeinsamen Promenade durch den Treptower Park
übergab Elin dem Mossad Residenten die Namensliste aus Gustav Golegers Tagebuch mit der Bitte,
die Überlebenden oder Erben der BCB - Kapital-
eigner zu ermitteln. Elin hoffte, dass er in Jerusalem

fündig werden würde, sie hätte in Wiesbaden für den Bereich Deutschland leider keine Feststellungen machen können. Am unerfreulichsten in dieser Sache wäre für sie, dass die BCB den Schutz jüdischen Vermögens durch das Schweizer Bankgeheimnis anmaßend für sich in Anspruch nehme, um sich dann an den „nachrichtenlosen Konten" hemmungslos zu bedienen, >das erscheint mir wenig seriös, das ist schändlich<, gab Elin Ari Weiss abschließend mit auf den Weg, bevor man sich trennte.

Nach etwa drei Wochen fand Elin eine lapidare Mail in ihrem Email Client mit dem Inhalt: >In Israel sind keine Überlebenden oder Erben zu finden. Wie nun weiter?<, so schrieb ihr Ari Weiss. Elin nahm den Telefonhörer in die Hand und wählte die Nummer seiner Berliner Botschaft. Ari war direkt am Telefon und sagte nur: >Elin, wie machen wir weiter?> Die antwortete: >Das Sinnvollste wird sein, das Vermögen der nicht Familienangehörigen geht zu Yad Vashem in Jerusalem und du regelst mit der BCB den verbleibenden Rest der Angelegenheit. Ich werde dir als israelischem Botschaftsangehörigen die weitere Abwicklung notariell übertragen, mit der Maßgabe an die BCB, sämtliche

Finanzmittel aus der Kontenverbindung ausschließlich der Holocaust - Gedenkstätte Yad Vashem, The Holocaust Martyrs' and Heroes' Remembrance Authority, P.O.B. 3477, Jerusalem 91034, in Israel auszuzahlen. Weiter geht dir die Buchführung der BCB mit den Anmerkungen meines BKA - Kollegen zu den Betrugsvorwürfen durch die BCB zu. Sieh zu, was du damit machen kannst. Ich hoffe nur, du kannst sie zur Auszahlung der Restsumme überzeugen.< Ari Weiss lachte und meinte: <Das ist eine meiner leichtesten Übungen, denke ich, wir werden sehen. Werde dich über den Verlauf der Angelegenheit auf dem laufenden halten.> und beendete das Telefonat. Und beide Gesprächsteilnehmer waren sich mehr oder weniger drüber im Klaren, was nun in Bern ablaufen würde.

Wer sich zu Tode ängstigt, ist schon gestorben

Es war Dienstschluss, Wochenende, in der BCB - Bank geworden und Herr Hürlimann, der Disponent, machte sich erschlagen, von einem anstrengenden Arbeitstag, bereit für den Feierabend. Seine Sekretärin, Frau Huber, hatte schon die BCB verlassen und befand sich auf den Nachhauseweg. Hürlimann kämmte sich durch seine gegelten Haare, wusch sich noch schnell durchs Gesicht und verließ den Nassbereich seines BCB - Büros nicht ohne sich noch zuvor mit seinem Herrenparfüm eingedieselt zu haben. Er roch nun wie gewohnt, nach seinem billigem Rasierwasser, verschloss sorgfältig, fast pedantisch, die Tür seines Büroraumes und begab sich in Richtung Ausgang. Herr Hürlimann hörte im Hintergrund die rastlosen Hände Reinigungsdienstes, der allabendlich durch das Haus herumgeisterten und es roch nach deren Reinigungsmitteln, mit dem man wohl die Schreibtische reinigte. Er ging am Empfang vorbei, nickte dem Diensthabenden im Entree herablassend zu und fuhr mit dem Fahrstuhl in die Tiefgarage der BCB, die auch von Unternehmern und Passanten aus der unmittelbaren Nachbarschaft genutzt wurde. Neben seinem gelben Ferrari F12 parkte ein schwarzer Kastenwagen. Weit und breit war kein weiterer Besucher der Tiefgarage zu sehen, geschweige denn zu hören. Herr Hürlimann ging auf seinen Ferrari zu, zog seine Fernbedienung aus der Hosentasche und betätigte sie. Der F12 wurde entriegelt und er bückte sich einwenig, um in seinen Ferrari zu klettern. Genau in diesem Moment hörte er ein leises Geräusch, das er nicht direkt zuordnen konnte, bemerkte einen leichten Stich, wie den Stich eines Insekts im Nacken und es wurde ihm gleich schwindelig. Er setzte sich auf den Fahrersitz und das war das Letzte, was er noch erinnerte. Aber sein Erinnerungsvermögen kam nun langsam zurück. Hürlimann fühlte sich wie gerädert, sein Kopf drohte ihm zu platzten, so dachte er. Er hatte einen abgrundtiefen Kopfschmerz in einem Wachtraum, so wie er begriff und eine dunkelhaarige gut aussehende Frau beugte sich über ihn. <Er ist aufgewacht>, hörte er sie sagen. Nur bewegen konnte er sich nicht, schaute an sich herunter und stellte fest, er war mit Silbertape, was er für Schnellreparaturen vom Segeln her kannte, auf einem Bürostuhl gefesselt. Es hatte ganz den Anschein, er

war entführt worden, dachte er. In irgendeinem
Kellerraum schien er abgelegt oder besser untergebracht worden zu sein. Unter der Kellerdecke
brannte eine Lampe, ohne Schirm, nur Kabel und
Fassung, wie er es von Heimwerkern her kannte
und es roch nach Schimmel, kalter Kellerluft,
Schweiß und Urin. Im Keller befanden sich noch ein
zweiter Stuhl und eine Art Bürotisch, die
schummrig beleuchtet waren. Nach geraumer Zeit,
es kam ihm wie eine Ewigkeit vor, öffnete sich die
Kellertür, kalte Kellerluft strömte in den Raum
und Hürlimann öffnete seine Augen; er blickte auf
einen Mann mittleren Alters, mit harten Gesichts-
zügen und einem stahlharten Blick, der aus seinen
stechenden Augen ihn interessiert betrachtete. Der
sagte nur zu ihm: <Hi, ich bin „Slajek", entspann
dich, bleib ruhig und sag die Wahrheit, dann
passiert dir hier nichts, du bist also schon auf-
gewacht, gut so.> und er lächelte ihn freundlich an.
Dann schlug er ihn mit voller Wucht ins Gesicht,
sein linkes Auge schwoll sofort zu und Blut tropfte
aus seiner Nase. Hürlimann konnte vor Schmerz
nicht schreien, denn alles ging nicht gleichzeitig,
atmen und schreien. Danach griff Slajek in seine
Hosentasche, zog eine Stahlgerte und ein Spring-

messer heraus. Ließ das Messer aufschnappen, legte es auf den Kellertisch, griff nach der Stahlgerte und schlug ihm mit voller Wucht auf den Oberschenkel.

Hürlimann hatte das Gefühl, sein Oberschenkel habe die doppelte Größe angenommen und der Schmerz dort war immens und sein fast hysterischer Schrei gellte durch den Keller, nur hört ihn wohl keiner und der ihn hört, kümmerte sich nicht darum oder es war ihm gleichgültig. Slajek verließ dann nach der ersten Verhörrunde, wie er sie immer bezeichnete, sein Opfer. Und Hürlimann wähnte sich in den Händen der russischen Mafia, die machen alles, was Gott verboten hat, dachte der. Das war fast richtig, denn die Methode war schon Russisch und stammte aus einem sibirischen GULAG, nur der Folterknecht war kein russischer Krimineller. Man ließ ihn nun etwa drei Stunden mit seinen Gedanken allein, was ihm wie eine Ewigkeit vorkam. Danach ging das Licht an und die Prozedur durch Slajek begann von Neuem, nur auf seiner anderen Körperseite, aber mit den gleichen wahnsinnigen Schmerzen. Zum Abschluss holte Slajek aus einer Sporttasche, die wohl hinter Hürlimann an einer Kellerwand gestanden hatte, einen kleinen Jetbrenner und stellte ihn auf den Kellertisch, Hürlimann kannte diese Art Brenner aus seinem eigenen Haushalt. Mit dem Jetbrenner kandierte er hin und wieder, wenn er

Gäste hatte, seine Crème brûlée, und er wusste, die Jetflamme des Brenners wurde etwa 1.200 Grad heiß. Neben den Jetbrenner legte Slajek, fast pedantisch, einen Akku - Bohrschrauber, so etwas kannte Hürlimann aus seiner Heimwerkertätigkeit von zu Hause her. Slajek nahm das Klappmesser und schnitt sehr langsam das Silbertape auf, mit dem sein linker Arm auf dem Stuhl, auf dem er saß gefesselt war, und verschaffte ihm für seinen Arm kurzzeitig etwas mehr Bewegungsfreiheit. Gleiches geschah mit seinem rechten Bein. Hier wurde seine Hose von Slajek über sein Knie hochgekrempelt und danach mit Silbertape erneut und stärker fixiert, sodass es kaum noch durch ihn zu bewegen war. Hürlimanns linke Hand wurde dann so durch ihn gefesselt, dass er seine Hand nicht mehr bewegen konnte und nur die ersten Fingerglieder über die Armlehne des Stuhles hinaus ragten und mit Silbertape klebte er dessen Mund zu. Slajek betrachtete danach ohne Anteilnahme Hürlimann und seine zerstörerischen Aktivitäten und schien damit zufrieden zu sein. Seine an sich harten Gesichtszüge strahlten nunmehr Zufriedenheit aus. Danach sagte er freundlich zu Hürlimann, <Bin sofort zurück, mach dir schon mal Gedanken, was du uns erzählen

möchtest. Redest du nicht, werde ich dir die Finger-
kuppen durchbraten und anschließen ein Loch in
deine Kniescheibe bohren, das du dadurch dann
deine Kniekehle betrachten
kannst.> Hürlimann schrie fast vor Angst, wenn er
nur hätte schreien können, dann hätte er gefragt:
<Sag mir doch erst einmal, was du von mir wissen
willst.> >Alles<, antwortete Slajek lapidar, als ob
er ihn nicht gehört hätte, und verließ den Keller.
Mit dem Zuknallen der Kellertür und dem Luftzug
der dadurch entstand drang in Hürlimanns Nase
ein Geruch von Äther, der aus dem Kellergang zu
ihm herüber schwappte. Hürlimann wartete in
Todesangst auf die Dinge, die nun geschehen
sollten, das Warten zermürbte ihn förmlich. Die
Zeit verging langsam, aber für die ihm angedrohten
Dinge doch wohl viel, viel zu schnell. Die Tür
seines Folterkellers öffnete sich, Slajek betrat den
Raum, sagte zu Hürlimann <Nun wird es erst,
mein Freund. Ach ja, du kannst ja nicht antworten
> und entfernte das Tape von seinem Mund und
machte einen Schritt zum Kellertisch. Er griff nach
dem Jetbrenner, zündete ihn an und ging mit ihm
auf Hürlimann zu, der aus Leibeskräften schrie. Die
Kellertür öffnete sich und ein Mann im Business-

dress betrat Raum. >Lass es mal gut sein, Slajek. Wenn dich benötige, rufe ich nach dir.>, sagte der und Slajek verließ wortlos den Keller. Der neue Gangster stellte sich höflich mit Bogdan Abbat vor, setzte sich und meinte, < Wir beide werden das Problem sicher schmerzfreier auflösen, du kannst ich Bogdan nennen.>

Aus Hürlimann sprudelte es nur so hinaus, er sei nicht vermögend und nur als kleiner Bankangestellter in Bern bei der BCB als Disponent tätig. Den Ferrari F12 habe er sich nur vom Erbteil seiner Mutter gekauft, von dem jetzt nur noch 20.000 EUR vorhanden wären. > Slajek, < rief Bogdan Abbat und Slajek betrat eklig grinsend den Keller, <ich denke, der will mich verarschen, du musst hier wohl weitermachen.> <Gerne Chef, ist sowieso meine Lieblingsbeschäftigung> sagte der und lächelte Hürlimann an, der nur noch gurgelnd schrie: <Nein, nein, ich sage alles, was ihr von mir hören wollt, fragt nur>. Bogdan meinte dann zu Slajek gewandt, < Einen Versuch hat er noch.> <Okay, ich warte draußen> antwortete der und verließ den Raum.

Bogdan Abbat griff in die Sporttasche, die hinter Hürlimann an der Kellerwand stand und nahm einen Aktenordner heraus. Den Ordner legte er auf den Kellertisch, befreite Hürlimann von den Armfesseln und sagte dann: >Schau dir das nur in Ruhe an, mein Freund, dann reden wir weiter.> Bogdan Abbat ließ ihm Zeit, viel Zeit; und nach etwa neunzig Minuten Aktenstudium hörte er von Hürlimann, das sei wohl alles richtig, nur die etwa 4,95 Mio. EUR, um die man das Konto Gustav Goleger belastet habe, seien so gut wie nicht mehr vorhanden. Bogdan meinte nur, > bekannt, die Summe ist zur MCG, Bern gegangen, an einen Herrn Tomas Zeunert, über die Caymans, nach Moskau, dann über Zypern und zum Schluss nach Bern. Irgendeiner von euch drei Spitzbuben wird über den Verbleib des Geldes sicher   Bescheid wissen.< Hürlimann meinte, das sei zwar alles richtig, aber leider nur die halbe Wahrheit, die MCG, Bern sei annähernd zahlungsunfähig und von Zeunert, Bruegli und ihm sei das Geld kaum mehr zu bekommen. Bogdan Abbat, sagte nur, er könne seinen Ausführungen zwar nicht so ganz Glauben schenken, aber habe über seine Entsendestelle die Auskunft erhalten, mit dem Vermögen seiner drei Betrüger stände es so, wie er Hürlimann schon geschildert habe. Man könne

aber aus seiner Sicht nicht einfach darüber hinweg-
sehen und die Konten schließen, er wolle die 5 Mio.
und den Rest der Euros aus dem
Konto Golegers dort sehen, wo sie hingehören, nach
Israel. >Ich werde euch einen Vorschlag machen,
den ihr nicht ablehnen könnt und wie die BCB den
angerichteten Schaden wiedergutmachen kann.>
sagte Bogdan. Rief einen Mediziner aus dem Nebenraum, beauftragte den mit der medizinischen
Wiederinstandsetzung Hürlimanns, was dem auf-
fällig gut und schnell gelang. Beat Bruegli hatte
einen ähnlichen Feierabendverlauf wie sein Kumpel
Freddy und wartete schon in einem Gesprächs-
zimmer im ersten Stock des Hauses. Man hatte von
dort einen schönen Ausblick auf die Lichter der
Stadt Zürich und in die Dunkelheit des Abends.
Bogdan Abbat sagte nun überdeutlich, sie hätten
keine Chance, so oder so, sie müssten die 5.0
Millionen Euro bringen. Aber er könne ihnen einen
Deal vorschlagen, der ihnen ob ihrer geringen verbliebenen Eigenmittel aus der Patsche helfen könne.
Er wisse um ihre bankinternen Funktionen in
Revision und als Disponenten und schlug vor, im
zeitlichen Rahmen einer DDos - Attacke, die
die BCB - Server durch Überlastung zum Absturz

bringen würden, die Millionen auf ein Cayman-
konto zu überweisen. Um den weiteren Verbleib des
Geldes brauchten sie sich keine Gedanken zu
machen, man sei dann quitt und das Geld ginge
dann weiter an die rechtmäßigen Eigentümer. Man
verabredete den Start der DDos - Attacke in 10
Tagen, 11:25. >Zu diesem Termin stürzt dann der
Server der BCB mittelfristig ab, wir sind klar<,
so Bogdan, <11:26 habt ihr zwei zu überweisen>.
Beat und Fred waren recht skrupellos und meinten,
man müsse mal sehen, wen man bankintern für die
Fehlüberweisung dann verantwortlich machen
könne, -mal schauen, meinte der leitende Revisor
der BCB zu Hürlimann und schmunzelte dabei
hinterhältig. Einen Haken hatte die Sache nur noch,
dem ungeachtet für Freddy und Beat, ihre Gespräche mit Bogdan Abbat wurden gefilmt und
ihnen auf DVD zur Verfügung gestellt, falls sich
einer von ihnen nicht an ihre Abmachungen erinnern wolle, hätte es auch schon gegeben, meinte
der.
Im Grunde hatten sie beide damit den Status eines
informellen Mitarbeiters beim Mossad angenommen, wussten das aber noch nicht. Und es

gab für die Drei noch überreichlich abzubüßen und zu entdecken.

Abendspaziergang durch die Promenade

Elin wurde von Ari Weiss aus der Botschaft Israels in Berlin telefonisch darüber informiert, dass die Affäre Gustav Goleger zu ihrer Zufriedenheit abgeschlossen werden konnte. Eine Bescheinigung über den Verbleib des Geldes ihres familiären Freundes Gustav Goleger erhielte sie notariell bestätigt aus Jerusalem von Yad Vashem. Ari bedankte sich noch einmal und sagte nur noch, er würde sich freuen, sie einmal unter erfreulicheren Gegebenheiten wiederzusehen.

Elin hatte sich zum Wochenende mit Marc in Münster verabredet, man hatte geplant, sich in der Wohnung ihrer verstorbenen Mutter auf der Gartenstraße zu treffen. Marc kam aus Hamburg, parkte seinen PKW auf einem Parkplatz in der Nähe und klingelte bei Elin. Die rief nur durch die Sprechanlage, > Bin gleich unten < und lief die Treppe hinunter, flog Marc förmlich in die Arme, wie ein kleines Mädchen. Schön dich zu sehen bekam er von ihr zu hören und er war glücklich. Thomas Berger, der Kriminalhauptkommissar aus Münster und ein gemeinsamer Schulfreund, schien doch recht zu haben, wenn er meinte, sie beide immer schon als Paar gesehen zu haben. Es ist wie immer im Leben, dachte Marc, das Naheliegende sieht man meistens zuletzt. Am frühen Abend machten beide einen Spaziergang, auf die ganz in der Nähe der Gartenstraße liegende Promenade Münster. Die Straßenlaternen waren schon eingeschaltet und warfen ihr trübes, gelbliches Licht auf Münsters beliebtesten Spazierweg. Und der trennt wie ein grüner Ring von gesäumten Linden die Altstadt Münsters deutlich von allen umliegenden Stadtvierteln. Die aus der Innenstadt kommenden Straßen begegnen hier der Promenade an den Stellen, an denen sich früher die Stadttore Münsters befanden. Im Grunde ist die Promenade eine innerstädtische Ringstraße mit einem begleitenden Spazierweg, der aber dem Fahrradverkehr vorbehalten ist, etwa 4 - 5 km lang. Radfahrer, mit oder ohne eingeschaltete Beleuchtung, sind hier immer in großer Zahl und in Eile anzutreffen. Elin und Marc kamen nach wenigen Minuten am Zwinger vorbei, der einen verbliebenen Teil der Münsteraner Befestigungsanlage aus dem Mittelalter ausmacht. Der Zwinger diente in Vergangenheit zur Bewässerung des Stadtgrabens und der Wasserversorgung der Stadt. Er war im Grunde ein Gefängnis, in dem die damaligen Gefangenen tagein, tagaus, durch das Drehen großer Schöpfräder, Wasser für die Stadtbevölkerung und den Stadtgraben aus der vorbei fließenden Aa hochpumpen mussten. Während des 1000 - jährigen Reiches wurde der Zwinger von SD, Gestapo und SS als Hinrichtungsstelle genutzt. In der Dunkelheit, nahe der Aa gelegen, wirkte er schon ein wenig unheimlich, man hatte förmlich das Gefühl die Schreie der vormals gerichteten hören zu können. >Es ist schon ein bisschen abschreckend hier und obendrein riecht das Gewässer wie ein Abwässerkanal<, meinte Eli. Nach etwa fünfzehn Minuten Fußweg kamen Elin und Marc dann am Buddenturm vorbei, einem Rest der alten Stadtmauer, der vor einigen Hundert Jahren als Pulverturm genutzt wurde, und der heute recht dekorativ angestrahlt wird. Sie spazierten weiter am alten Generalkommando vorbei, in dem zuletzt das I. - Korps der Bundeswehr untergebracht war, auf den Schlossplatz zu. Von Weitem erblickten sie das „Fürstbischöfliche Schloss" Münsters, das in der Dunkelheit des Abends hell erleuchtet war, und ein prächtig anzusehendes Bild lieferte. Direkt über dem

Schlosseingang sah man das Kapitell mit der Siegesgöttin NIKE, in dem das Glockenspiel untergebracht war, das rechtzeitig zum Stundenwechsel einsetzte und die Melodie „Üb' immer Treu und Redlichkeit" abspielte.

Hinter dem Schloss, wenn man an ihm vorbeiblickte, konnte man die Dunkelheit des abendlichen Schlossgartens erahnen, der von trüb angestrahlten Gehwegen durchzogen wird. Elin und Marc machten sich auf den Heimweg, gingen durch das Kuhviertel, mit seinen vielen Kneipen und Gaststätten. Sie streiften den Prinzipalmarkt und hörten vom Turm der Lambertikirche dessen Türmer mit seinem Stundenhorn die volle Stunde blasen und mit lauter Stimme ausrufen.

Es war kühl geworden, ein nahezu eisiger Ostwind strich durch die Promenade, am Zwinger vorbei, in die Gesichter der Liebenden und die Luft roch nach Schnee …

Todesfuge

Schwarze Milch der Frühe wir trinken sie abends
wir trinken sie mittags und morgens wir trinken sie nachts
wir trinken und trinken
wir schaufeln ein Grab in den Lüften da liegt man nicht eng
Ein Mann wohnt im Haus der spielt mit den Schlangen der
schreibt der schreibt wenn es dunkelt nach Deutschland dein goldenes
Haar Margarete
er schreibt es und tritt vor das Haus und es blitzen die Sterne
 er pfeift seine Rüden herbei er pfeift seine Juden hervor lässt
schaufeln ein Grab in der Erde
er befiehlt uns spielt nun zum Tanz
Schwarze Milch der Frühe wir trinken dich nachts
wir trinken dich morgens und mittags wir trinken dich abends
wir trinken und trinken
Ein Mann wohnt im Haus und spielt mit den Schlangen
der schreibt
der schreibt wenn es dunkelt nach Deutschland dein goldenes Haar
Margarete Dein aschenes Haar Sulamith wir schaufeln ein Grab in
den Lüften da liegt man nicht eng
Er ruft stecht tiefer ins Erdreich ihr einen ihr anderen singet und
spielt
er greift nach dem Eisen im Gurt er schwingt seine Augen sind blau
stecht tiefer die Spaten ihr einen ihr andern spielt weiter zum Tanz
auf
Schwarze Milch der Frühe wir trinken dich nachts
wir trinken dich morgens und mittags wir trinken dich abends
wir trinken und trinken
ein Mann wohnt im Haus dein goldenes Haar Margarete
dein aschenes Haar Sulamith er spielt mit den Schlangen

Er ruft spielt süßer den Tod der Tod ist ein Meister aus Deutschland
er ruft streicht dunkler die Geigen dann steigt ihr als Rauch in die
Luft
dann habt ihr ein Grab in den Wolken da liegt man nicht eng
Schwarze Milch der Frühe wir trinken dich nachts
wir trinken dich mittags der Tod ist ein Meister aus Deutschland
wir trinken dich abends und morgens wir trinken und trinken
der Tod ist ein Meister aus Deutschland sein Auge ist blauer trifft
dich mit bleierner Kugel er trifft dich genau
ein Mann wohnt im Haus dein goldenes Haar Margarete
er hetzt seine Rüden auf uns
er schenkt uns ein Grab in der Luft
er spielt mit den Schlangen und träumet
der Tod ist ein Meister aus Deutschland dein goldenes Haar
Margarete dein aschenes Haar Sulamith

Paul Celan

... und es verblieb nur ein Grab in den Wolken, für Unzählige.